김경수 산악테마소설집

낡은 클라이머와 보낸 밤

문학공원 소설선 38

김경수 산악테마소설집

낡은 클라이머와 보낸 밤

벗어 논 배낭을 자세히 보니 낙석(落石)을 많이 맞아
거덜 난 헬멧이 달려있다
그렇다면 그는 클라이머이다
그러니 이 낡은 모든 구성체로 이루어진 그는 일종의
낡은 클라이머라고 말할 수 있다

김포예술활동
선정작품집

문학공원

프롤로그

    이 작품집은 산악테마소설과 문예소설, 전쟁테마소설 등 다양한 장르를 한 권의 책으로 만들었다는 것과 김포문화재단에서 출간 및 제반비용을 지원해 준 점에서 보면 뜻깊은 책이 아닐까 싶다.

    솔직히 나는 김포문화재단의 '김포예술지원활동 지원사업'에 선정되리라고 기대하지 않았는데 좋은 기회를 얻게 되어 너무 기쁘다. 심사위원님과 김포문화재단 실무자님들께 감사의 말씀을 드린다. 그리고 선정작을 포함해서 책을 세 편의 산악테마 단편소설을 함께 묶어보았다.

    생업을 가지고 있는 사람이 소설을 쓰면서 산에 다니는 그간의 세월은, 늘 버겁고 힘든 나날들이었다. 그러나 그 과정에서 이루어 낸 작은 성과들이 있었기에 자신의 존재이유와 삶의 희열을 만끽했는지 모른다. 마음 같아서는 아직도 꿈이 남아 있고 더 도전하고 싶은 영역이 많지만 남은 인생을 조율해서 많은 일을 하는 것보다 남들과 공유할 수 있는 세상을 넓혀 가는데 매진하고 싶다.

늘 마음만 가지고 감사하다는 말을 쉽게 전하지 못한 아내이자 문우인 유은희 작가와 나를 성원해주시고 기꺼이 멍석을 펴주시는 김순진 작가님(문학공원 대표), 그리고 함께 소설세상을 열어가는 스토리문학 '소설쇼설' 동인 여러분, 새로 저와 인연을 맺게 된 고려대학교 미래대학원 소설창작 1기 여러분들에게도 감사의 뜻을 전하고 싶다.

2025년 여름 김포에서

작가 김 경 수

실전적 경험과 인간적 본성으로 육화된 소설집

김순진 (소설가·문학평론가)

　가끔 방송 드라마를 보다 보면 실제의 지명이나 풍습과는 거리가 먼 행동과 언어를 해서 눈살을 찌푸리게 하는 경우가 있다. 말하자면 안동 지방의 방언은 "그랬니껴, 아니이더" 식인데, 안동을 배경으로 설정한 드라마에서 "그런데예 아니라예" 같은 대구나 부산 식의 사투리가 나오는 설정을 보게 되면 그 지방을 고향으로 둔 사람들뿐만 아니라 보통의 사람들조차 의아하게 만드는 경우가 있다. 그래서 글이라는 것은 자기가 잘 아는 분야에 대해 써야 한다. 그 분야의 지식을 잘 알지 못한 채 인터넷이나 사전의 정보로만 글을 채워간다면 그것은 껍데기 글에 불과하기 때문이다. 나는 바닷가에 살아보지 못했기에, 바다에 관한 소설을 쓰지 못했다. 그러나 나는 농촌에서 태어났기에 농촌에 관한 소설을 썼고 현대를 살아가고 있기에 현대인들의 아픔을 고발하는 소설을 쓰고 있다.

　내가 왜 김경수 작가의 서문에 이런 말을 꺼내느냐 하면, 김경수 작가는 전문 산악인이고, 그만큼 그가 쓴 소설은 직접 경험하고 직접 가본 곳에 대한 사실과 상황을 발로 쓴 소설이기 때문에 그만큼 독자에게 확실한 정보를 제공하면서 설득력을 배가시키고 있음을 말씀드리고 싶어서다.

이 소설집은 「낡은 클라이머와 보낸 밤」, 「5.13 그 너머」, 「애상가」, 「꿈속에서 산행을」 등 네 편의 산악소설과 방안에서 칩거하며 고독의 시간을 보내고 있는 젊은이들의 고뇌를 그린 소설 「문을 열자」와 또다시 남북한이 전쟁이라는 설정을 통해 두 젊은 부부가 전장과 피난처에서 겪는 절망적 상황, 그것을 희망으로 바꿔 가려는 용기에 대해 그리고 있는 중편소설 「절망이 아닌 희망에 대하여」 등 총 6편의 중·단편 소설이 실려 있다.

첫 번째 실린 작품 「낡은 클라이머와 보낸 밤」은 산에서 우연히 만난 노 산악인과 하룻밤을 보내면서 그의 30년 산악활동에서 숨겨진 동료에 대한 죽음을 이야기한 소설이다. 김경수 작가가 에필로그에서 "나는 지금도 산에 오르며 소설을 쓰고 있다. 그 사이 세 명의 악우(岳友)를 산에서 잃었고, 또 다른 네 명은 병으로 세상을 떠났다."고 말했듯 산은 인간에게 오만과 허영을 허락하지 않음을 이 소설에서 고발하고 있는 것이다.

「5.13 그 너머」라는 작품은 제6회 한국산악문학상'을 받았던 수작으로 산악인과 전자제품 개발자와의 이야기를 테마로 거대한 산을 접하는 인간의 한계를 극복하는 테마로 쓰여졌다. 등산복과 등산장비는 나날이 발전해 인간의 생명을 보호하고 있지만, 이제 한 사람이 먼저 올라가 자일을 걸고 뒷 사람이 오르는 암벽등반의 시대를 지나 드론으로 자일을 걸고 오를 시대가 왔다. 등산장비의 발전은 인간을 더욱 도전하게 만들고 성취감을 맛보게 할 것이다.

「애상가」라는 소설은 산에서 사랑하는 사람을 잃은 여성 산악인에 관한 소설이다. 가끔 정치판에서 남자가 죽으면 아들이 그 자리를 대신하거나 아내가 대신하는 경우는 봐왔지만, 나는 이렇게 산에서 죽은 남편이 못다한 산행을 위하여 아내가 나선다는 설정은 보지 못했다. 그만큼 산은 남성만의 전유물이 아니며, 누구나 갈 수 있고 오를 수 있음을 작가는 주지시킨다. 내가 잘 아는 산악인이자 시인인 김재농 선생은 80세의 연세에도 에베레스트를 7,000미터까지 올라갔다 오셨는데, "그 연세에 어떻게 거기를 올라가셨어요?"라는 질문에 "한 발 한 발 올라갔지요."라는 진리로 답해주신 기억이 있다.

「꿈속에서 산행을」은 한때 유능한 등반가였던 민영이 예기치 못한 재해를 만나 식물인간이 되어 평생 침대로 누워 살아야 하는 이야기를 소재로 하고 있는데, 그는 그 침대에서도 늘 산행을 꿈꾸며 꿈속에서조차 산을 오른다는 설정으로 한 번 해병은 영원한 해병이라 하듯, 한 번 산악인이면 죽어도 산악인이란 말이 저절로 떠오르게 만드는 소설이다. 말하자면 '뼛속까지 산악인'이라는 말이 그 말인데, 아마도 김경수 작가가 그런 사람이 아닐까 하는 생각이 든다.

「문을 열자」는 현대를 청년들의 고민을 고발한 고발소설이다. 현대 젊은이들을 연애와 결혼, 출산을 포기한 세대라 해서 3포세대라 부르기 시작하더니 거기에 더해 대인관계와 내집마련을 포기한 5포세대라는 말에 더해 희망과 꿈마저 포기한 7포세대라는 말이 나온 지 오래다. 이 소설은 작금의 세태에 젊은이들에게 희망을 줄 수 있도록 우리 어른들은 그들에게 문을 열어주어야 한다는 뜻으로도 읽힌다.

그리고 중편소설 「절망이 아닌 희망에 대하여」은 다시는 일어나지 말아야 할 남북한의 전쟁이 2027년에 일어난 것을 설정으로 쓰여졌는데, 전쟁터에 나간 남편 권호식과 피란을 떠나는 임신 6개월의 여자주인공 '나'가 서로 다른 절망적 상황에서 작가는 역설적으로 어떻게 희망을 엮어가는가에 대한 질문을 던진다. "하늘이 무너져도 솟아날 구멍은 있다."라는 말처럼 이 세상이 아무리 절망적인 상황이라 할 지라도 희망을 향해 걸어가는 두 젊은이의 상황묘사에서 김경수 작가는 인간이 추구해야 하는 것은 결국 돈과 명예가 아니라 희망이라는 사실을 주지시킨다.

김경수 소설가는 월간 《산》의 편집장을 지낸 바 있다. 그런 그는 틈만 나면 자일을 메고 산에 올랐고 바위를 탔다. 그의 발에는 절벽을 타다 떨어져 죽음 앞까지 다녀온 영광의 상처가 있다. 그런 경험이 소설로 육화되어 이 세상에 나오게 된 것이다. 김경수 소설가는 소설계에서 주목받는 작가이며, 곧 쾌거를 보여줄 작가이다. 그는 이미 산악문학상, 방송대문학상, 스토리문학상 등 굵직굵직한 상을 받은 바 있고, 이 소설집은 김포문화재단의 지원으로 제작되는 책이니, 고려대 미래교육원에서 소설을 강의하고 있는 그의 문학적 능력과 끊임없이 써 내는 도전은 우리 대한민국 문단뿐만 아니라 넷플리스 같은 세계적 환경에서 폭죽처럼 터질 것은 명약관화한 일이라 하겠다.

차례

프롤로그 ··· 4

서문 - 김순진(소설가·문학평론가) ··· 6

낡은 클라이머와 보낸 밤 ··· 14

5.13 그 너머 ··· 46

애상가(哀傷歌) ··· 80

꿈속에서 산행을 ··· 106

문을 열자 ··· 134

질밍이 이닌 희망에 대하여(중편) ··· 160

에필로그 ··· 232

등반용어 및 해설 ··· 238

낡은 클라이머와 보낸 밤

낡은 클라이머와 보낸 밤

- 작가는 어느 하룻밤을 기억하고 있다. 누군가는 이 글을 읽으며 나중에 그 하룻밤을 기억해줄지 모른다. 마음 한구석을 비워 연민과 교감을 통해 하룻밤을 기억해 줄, 그러한 이유가 있을지 모른다.

내가 그를 처음 만난 것은 해가 질 무렵이었다. 고요한 산중에서 낯선 사람을 대할 때면 으레 느끼는 막연한 경계심 탓에 나는 왠지 신경이 예민해졌다. 그것은 굳이 혼자 평일에 야영을 들어온 것에 대한 부담과 공연히 느끼는 적막감 때문일 것이다. 나의 감각이 섬세한 탓인지 누군가가 다가오는 발소리가 터무니없이 크게 들렸고, 그의 등산화에 부서지는 화강편마암계의 돌멩이가 내 주의를 집중시켰는지도 모른다.

"청년, 뭐 도울 일은 없나?"

그는 그냥 지나치지 않고 가던 길을 멈춘 채 내게 말을 걸었다.

예기치 않은 당혹스러움을 느끼며 야영을 준비하던 손을 잠시 멈췄다. '낡았구나.' 순간의 포착. 그가 낡은 인상을 풍기고 있다는 것이 온몸으로 전해진다. 그러나 이런 느낌이 가슴에 닿기도 전에 그의 도움에 대해서는 건성으로 대답했다.

"아뇨, 괜찮습니다."

다분히 의례적으로 대답한 까닭인지 어색하다고 느끼면서 주저하던 손길을 다시 배낭에 가져갈 때 그는 얕은 바위에 걸터앉으며 멀리 펼쳐진 산봉우리로 눈길을 던졌다.

"좋은 시절이지…."

내게 하는 말인지 자신에게 하는 말인지 감을 잡지 못한 채 미처 자세히 보지 못한 그를 이제야 찬찬히 바라본다. 서늘한 바람이 그의 새치가 섞인 머리칼을 흩어놓으며 주름진 얼굴을 더욱 추잡하게 만들었다. 50대, 아니 족히 60은 됐으리라. 푸른 계통의 닳아 빠진 체크무늬 남방을 걸친 그의 모습은 낡아빠진 허수아비와 흡사했다. 여기저기 해어진 배낭, 무수히 기워 바늘자국이 나 있는 닉카바지를 입고 역시 형편없이 오래된 등산화를 신었다.

낡았다. 그가 가지고 있는 물건뿐 아니라 머리칼, 손, 목덜미, 눈매, 그리고 심지어는 심장과 두뇌까지도 낡았다고 여겨질 만큼, 그의 인상은 둔탁하게 나의 뇌리에 맺혀왔다. 하지만 그것은 또 다른 의미를 내포하고 있다. 그 모든 것들이 연륜과 전통, 그리고는 말로 표현하지 못할 그 이상의 형이상학적 의미를 던져주는 것 같았기 때문이다.

여기까지 생각하고 있을 때, 문득 그가 뭘 응시하는지 궁금하여 그의 시선을 쫓아가 보았다. 그가 바라보고 있는 정점은 바로 햇살을 뒤로 받은 채 솟아있는 장엄한 인수봉(仁壽峰)이었다. 그 바윗덩어리 자체가 그의 시선을 집중시킨 과녁이 되었으며, 석양 무렵의 인수봉은 말할 수 없이 중후하고 고적해 보였다. 바로 저 인수봉이 이곳 북한산에서 가장 손꼽히는 암장(岩場)이며 우리나라 클라이머*들에게 추앙받는 암벽등반활동의 메카로 여겨지는 봉우리이다.

그러나 그의 시선은 왠지 덧없고 허무하여 마치 멍청히 허공을 응시하고 있을지도 모른다는 생각마저 들게끔 모호했다. 그래서 나는 더 이상 그 봉우리를 바라보고 싶지 않았다. 단지 해가 지기 전에 어서 텐트를 쳐야 하기에 서둘러야 한다고 생각했다. 그림자가 점점 길어진다는 것을 느끼며 썰렁한 공기가 갑자기 이곳을 점령한 듯싶었다.

산의 가을은 생각보다 서늘하다. 그것은 월동준비가 채 갖추어지지 않은 산악인에겐 뼈에 사무치는 추위를 선사하기도 한다. 새 울음이 간헐적으로 들려오고 이제 곧 낙엽이 될 잎새들이 서로 부대

---

* 전문적인 기술로 암벽을 오르내리는 산악인

▲ 인수봉 동남벽 설경

끼며 아우성치는 소리가 저변에 깔리는 듯했다. 내내 침묵을 지키던 그가 나를 돕고자 일어선 것은 산까치의 울음이 여운을 감춘 뒤였다.

"청년, 내가 폴대를 잡아 주겠네…."

낡아 보이던 그가 다정하게 다가서며 내가 혼자 애써 세우려던 텐트 폴대를 가볍게 받아 쥐었다.

"나도 젊을 적엔 말이야…."

말을 이으려는 그를 보며 역시 상투적인 과거지사나 늘어놓을 것이라 예상하였는데 그는 뜻밖의 말을 했다.

"아니지, 내가 저녁을 차려야겠네. 나도 야영을 준비하고 왔으니."

그러면서 부산히 움직여 저녁식사를 챙기려 했다. 영문도 모른 채 텐트를 마저 세우며 생각해보니 그의 배낭 부피를 보아 그도 역시 이곳에서 하룻밤을 묵으려는 것을 알았다. 그는 분명 오늘 밤 나의 동반자가 될 것이다. 지금은 평일이라 따로 들어온 팀도 없을 것이고, 나와 그가 혼자인 셈이니 달갑지는 않지만 어쩔 수 없다고 생각했다.

벗어놓은 배낭을 자세히 보니 낙석(落石)을 많이 맞아 거덜난 헬멧이 달려있다. 그렇다면 그는 클라이머이다. 그러니 이 낡은 모든 구성체로 이루어진 그는 일종의 낡은 클라이머라고 말할 수 있다. 여기까지 생각하고 있을 때, 그는 손수 씻은 음식을 들고 오며 날 보곤 멋쩍은 듯 야릇한 미소를 보냈다.

산의 밤이란 그렇다. 차갑고 고요하고 무거워서 섣불리 깰 수 없는 장벽처럼 굳건한 위압감을 주기도 하지만, 한편 정밀(靜謐)함이 넘치는 밤을 혼자 보낼 때는 인간 본연의 그리움과 아쉬움에 젖어들기 마련이다. 따라서 산정(山精)의 밤은 지나치게 감상적일 수 있다. 지금은 나와 그가 따로 텐트를 지키고 있지만 우리는 이 격리된 산 중에서 서로에게 보이지 않는 연대감을 느껴가고 있다.

나는 왜 이곳에 평일을 고집하여 홀로 왔을까. 뭔가를 마음에서 정리할 것이 있다고 가만히 자신을 돌아보며 생각에 잠기려 할 때, 발을 끄는 듯한 소음과 함께 그가 불쑥 텐트 안으로 얼굴을 디밀었다.

"이거 실례, 하지만 놀라게 해 주려고 이런 걸세."

그 말과 함께 밑도 끝도 없이 처음 보는 양주병을 내 앞에 내놓았다.

"청년, 이거 별거 아니지만…."

별거 아니지만, 뭐란 말인가? 남은 기껏 나름대로 시간을 보내려 이곳에 왔건만 양해도 구하지 않고 나타나 고작 내놓은 게 술이라니, 아무리 연장자라 하더라도 나는 불편했다. 대답 대신 나는 그에게 자리를 비켜주며 눈짓으로 앉으라는 의사를 비쳤다.

그가 앉는다. 어울리지 않게 낡은 것 중에도 유별나게 눈에 띄는 시계가 번득였다. 금속성의 반사광이 왠지 차가운 느낌을 주었으므로 나는 내가 밝힌 촛불을 애써 보려 시선을 돌렸다. 뜻하지 않게 그는 품 안에서 여러 가지 안줏거리를 꺼내 놓았다. 유난히 흉터가 많은 손. 아직은 10시가 안 되었으므로 깊은 밤은 아니다. 그를 똑바로 바라보았다.

"식사 후에 올까 좀 더 이따 올까 고민했다네, 청년."

그는 막연히 나를 '청년'이라고 부르길 고집하고 있다.

"아니 뭐, 이렇게까지 하지 않으셔도 되는데요."

기계적으로, 그보다도 더 형식적으로 내가 대답했다. 하지만 그의 말씨는 한결 더 부드러웠다.

"산에서 마시는 술이란 좋은 걸세, 생각해보게나 힘들여 땀을 쏟고 쉬는 밤에 한잔한다는 것도…. 아니! 등반 장비가 있네."

놀란 듯 그는 내가 늘어놓고 정리하지 못한 암벽 장비를 훑어보았다. 순간 빛나는 그의 눈. 아니 빛나는 것인지 촛불의 흔들림에 빛나 보인 것인지 알 수 없다. 다만 그의 표정이 하도 진지하여 나는 가볍게 말을 받았다.

"별로 신통한 건 없어요. 그저 싸구려 자일이나 카라비너 정도지요."

간단한 설명을 달았지만, 그의 관심은 쉽게 사라지지 않고, 결국엔 장비를 어루만지며 무표정한 얼굴로 잠시 시간을 보냈다. 그러다 무슨 생각이 났는지 불쑥 말을 이었다.

"참, 술이 쉬겠네. 어서 개봉해야지, 같이 야영하며 술 한잔 없다면 산다는 게 얼마나 야속하겠나? 안 그래 청년."

또 청년, 이상하게 거슬리게 들리는 호칭을 들으며, 이 심야의 방문객이 권하는 독한 양주를 얼떨결에 한잔 받아야 했다. 인연이라는 것이 묘하다고 생각하며 나도 예의상 한잔을 따랐다. 촛불에 빛을 받아 출렁이는 황금빛의 액체. 그것을 바라보다가 분위기가 너무나 어색해서 먼저 말을 꺼냈다.

"산을 다니신 지 오래되셨나 보죠?"

"별로…, 한 30년쯤 되나?"

30년이 별로라니, 그렇게 따진다면 그에게는 몇 세기가 흘러야 제대로 맞는 시간 개념이 될까 싶다.

"암벽등반도 꽤 하신 것 같던데."

의식적으로 말머리를 흐리며 적극적으로 그가 자신의 이야기를 하게 유도하고자 했다. 사실 나는 이제야 그에게 흥미를 느끼기 시작했기에 이 낡은 클라이머의 이야기가 갑자기 궁금해진 것이다.

"그렇게 보이나 청년? 하기야 젊을 때 죽어라 해보긴 했지만, 이젠 나이가 들어서 영…."

푸념인지 넋두린지, 그 자신도 내가 그에게 위로의 말을 던져주기를 바라며 말꼬리를 의도적으로 흐리는지 모른다. 그렇다면 그의 기대를 저버릴 순 없다.

"그래도 아직 문제없이 하실 것으로 보이는데요."

"그런가, 그런지도 모르지, 아니 그럴 거야."

종잡을 수 없는 말을 몇 마디 돌리던 그가 결심이나 한 듯 세라컵을 반이나 채운 술잔을 거뜬히 비웠다. 뭔가 허전해 보이던 그의 표정이 잠시 그의 안면근에 머물더니 이내 사라졌다.

"늙었다니까."

만면에 홍조를 띠고 취기가 돌았는지 안주를 몇 점 계속 먹었다. 이내 붉어진 그의 얼굴을 보면서 술에 약하든지 혈액순환이 좋을 것이라 지레짐작해 본다. 나도 질세라 고개를 돌리고 단숨에 술을 마셨다. 뜨거운 액체가 타는 듯 목을 넘어가며 뭐가 이리도 지독하게 독할까 하는 생각이 들 만큼 그것은 고약했다. 아무튼 마시고 보니 기분은 좋아졌다. 후끈 달아오른 가슴을 느끼며 그의 빈 잔에 또다시 이름 모를 술을 따라 부었다. 힐끗 눈에 띈 시계를 본다. 10시 5분 전. 시간이 빠른 건지 더딘 건지 그 개념조차 흐려지며 이토록 취기가 빨리 돈 적도 드물다고 생각했다. 아마도 낮의 피로감 때문일지 모른다.

그때 한차례의 바람이 불어 닥쳐서 텐트를 가늘게 흔들어 놓았고 켜있던 촛불도 동요된 듯 가물거리기 시작했다. 조명의 흔들림에 따라 분위기는 시시각각 다르게 느껴졌고 그것은 또다시 그에 대한 내 생각을 여러모로 바꾸는 매개 역할을 하고 있다.

처음 그를 보았을 때, 그에 대한 신상에 별다른 관심이 가지 않았다. 그러나 지금은 왠지 이 사나이가 이토록 낡아야 했던 연유와 많은 흉터에 대해 자꾸만 호기심이 일고 있으며, 이런 나의 심적 변화를 공교롭게도 촛불이 조정하고 있는 것 같은 생각이 든다.

잠시 대화가 끊긴 틈을 타서 여기에 혼자 온 이유를 다시 따져본다. 방학이라도 암벽등반을 하려면 누군가와 같이 오기 마련이다. 물론 속세를 달관하고자 하는 거창한 이유는 아니다. 다만 나 홀로 정리해야 할 생각들이 있었나 보다. '학업이라야 그저 학점을 어떻게 따느냐?'에 급급하게 되므로 너무 통속적이다. 늘 모자란 용돈 문제나 친구처럼 지내는 이성 관계 때문인지, 또는 언제 군대에 가야 하는 심란한 문제? 아니면 인생이나 철학? 뭐 그런 관념의 작용에 휘말려 사색의 시간을 찾으러 산중에 일부러 온 것인지, 아니면 단순히 산이 좋아서인지 모르겠다.

분명, 처음 출발할 때는 뚜렷한 목적의식이 있었을 것이다. 적어도 그런 동기 없이 혼자 오려 하지 않았을 텐데 지금에 와서 그것이 제대로 생각나지 않는 것은 어찌 된 영문일까? 그런 생각에만 골몰하다가 불현듯 나는 그에게 물었다.

"오늘은 평일인데 어떻게 오셨나요?"

마치 나에게 물어볼 질문을 그에게 하려니 괜한 기분이 든다.

"나야 실업자니까 언제 든 오고 싶을 땐 올 수 있는 게 내 자유지. 그런데 청년은 어찌 된 일인가?"

같은 질문을 하려는 그도 어색한 모양이다. 나는 그나마 대화에 충실한 편이라 있는 그대로를 답했다.

"학교 체육대회라 쉬는 날이 되어 여길 찾았죠. 자주 오는 편은 아니지만, 주말이나 공휴일은 꼬박 오는 편입니다."

"암벽등반도 자주 하나?"

"네, 산악회에 있거든요, 잘하는 편은 아니지만 웬만한 코스는 톱을 설 수 있죠, 장비는 늘 가지고 다닙니다."

"조심해야지, 톱이라면…."

그렇다고 꼭 톱이 위험한 건 아니다. 물론 세컨드나 라스트맨보다는 다소 위험하다고 할 수는 있어도 자기 능력에 맞게 오른다면 오히려 정신 집중에 좋다고 믿는 편이다. 그러나 한편으로는 마음의 부담이 조금은 있기에 약간이라도 미끄러지면 으레 식은땀이 나기도 한다.

내가 암벽을 시작한 것은 남보다 이른 중학교 3학년 때였다. 험한 암벽을 보며 깎아지른 듯한 일종의 위압감을 이겨보려 맹목적으로 달려들던 어릴 때였다. 처음 인수봉의 정상에 섰을 때, 그때는 알 수 없는 환희에 젖어 줄기찬 산악의 정(精)을 가슴에 한껏 안으면서 희열을 감추지 못했다. 이후로 간간이 산을 찾다가 대학에 들어오면서 본격적인 활동을 시작했다.

누구나가 그럴 것이다. 산을 싫어하는 인간은 드물다. 아니 그보다 모든 인간은 산에 대한 동경(憧憬)을 본능적으로 가지고 있다고 해도 과언은 아닐 것이다. 그렇게 보면 내가 구태여 위험을 무릅쓰고 암벽등반에서 톱을 자처하는 것도 어떤 의미에서는 당연한 일이다.

하여간 대화는 여전히 통상적인 데서 머물고 있기에 그는 답답한 듯이 또 한잔을 마셨다. 나도 마셨다. 내가 무슨 이야기를 꺼내면 좋을까 하여 주저할 때 그도 역시 같은 생각을 할지 모른다. 그렇다면 자연스럽게 될 때까지 내가 기다려 볼까 하는 마음이 든다.

이러한 잡다한 생각들이 전개되는 시간은 실상 그렇게 길지는 않았다. 그가 말을 마치고 술을 마시는 순간은 극히 짧아서, 내가 어떻게 이 생각들을 이렇게 간단히 해냈을까 의구심이 갈 정도였다. 아니면 술을 마셔서 시간이 짧았다고 느꼈는지 모른다. 그의 목소리가 갑자기 투명하게 되어버린 듯이 가늘게 들려왔다.

"나도 톱에 자주 서 봤다네. 주로 나는 선인봉 쪽이었지. 바위가 인수봉보다 더 날렵하다고 생각했었으니까. 아무튼 그때의 일들은…."

여기까지 말하고 나서 갑자기 말을 멈추었다. 그리고는 찬찬히 나를 쳐다보다가 몸을 움츠리더니 이내 슬픈 표정이 되어버렸다. 웬일인가 하고 내가 의아해할 때, 그는 애써 자신의 변화를 감추려는 양 술을 또 마시더니 발그레해진 얼굴로 씨익하고 웃어 보였다. 그 표정은 오히려 어색하게 느껴졌고, 나는 더욱 그의 행동이 미심쩍기만 했기에 강한 호기심이 발동했다. 그래서 말을 더하지 않고 또다시 그에게 술을 권했다. 다시금 금속장비에 번들거리는 반사광이 내 망막을 때렸다. 바람 소리가 공허하게 들리고 촛불이 전보다 더 어지럽게 흔들거린다.

일시에 모든 것이 바뀐 기분이다. 그의 모습도, 텐트도, 촛불도, 나의 장비도, 그리고 나 자신도 갑자기 야릇하게 변했다고 여겨질 정도로 처음과 지금의 상황은 달라졌다. 그러나 그런 주관적인 판단은 더욱 모호해서 변한 것이란 오로지 그와 나, 단 두 인간의 처지일지도 모른다. 그러면서 기복이 심하게 변해가는 텐트 안의 분위기를 이해하기가 무척 어려웠다. 텐트 안에서는 어쩐지 주체와 객체의 혼동이 있는 듯했다.

촛불을 받은 짙은 그림자 뒤로 만든 버너케이스도 왠지 그 버너케이스보다는 그림자가 더 짙게 느껴져 그림자가 버너케이스를 만들어낸 듯 보였으며, 이곳을 밝히는 촛불 자체도 그 빛이 불을 밝힌다기보다는 불빛이 양초를 비추기에 그것이 존재하는 듯 여겨졌다. 그뿐만 아니라 지금 이 텐트의 주인인 나보다도 손님으로 와있는 그가 오히려 이곳을 장악한 듯싶어 자꾸만 그렇게 치닫는 상황이 영 불편했다.

바스락거리는 소리를 내며 비닐봉지에서 그는 과자를 입가에 가져갔다. 그러면서 동시에 입을 뗐다.

"너무나 즐겁고 유쾌하긴 했지만 조금 충격적이었지."

잠시 말을 끊었던 그가 앞에 던진 말을 끝맺었다. 충격적이라면. 그가 좀 더 이상하게 느껴졌다. 마치 그는 어느 전설의 주인공 같아 보였기에 분명 무슨 사연이 있으리라고 유추했다. 아니나 다를까 내가 다른 말을 꺼내기도 전에 이내 말을 이었다,

"내가 무슨 일을 당했는지 알면 자네도 곧이곧대로 믿지 않을 걸세."

그렇다면 그는 무슨 일을 당한 걸까? 아마도 놀랄만한 간곡한 사연이 있을지 모른다. 그러기에 그의 표정이 슬프게 바뀌어 간다고 생각했다. 그때 갈증을 느껴서 분위기도 좀 새롭게 할 겸, 물을 뜨러 잠시 샘터로 다녀오고 싶었다. 그에게 양해를 구하고 나는 텐트 밖으로 성큼 나오며 써늘한 공기를 들이마신다.

별이 아련했다. 아니 아릿하게 나의 눈을 감동하게 했으므로 그것은 새삼스럽게 아름다워 보인다. 사방이 조용하고 휘황한 달빛이 내리깔린 풍경은 또렷하게 달그림자를 늘어놓았다. 생각보다 밝다고 여기며 나서려니까 나의 발소리가 걸맞지 않게 크게 들렸다. 그것은 흡사 침묵이 흐르는 영화관에서 재채기하는 것만큼이나 나를 민망하게 만들었다.

어디선가 차가운 손길이 나를 어루만지는 듯했다. 그리고는 문득 이번에는 나 자신이 슬픈 표정을 짓는 것 같은 생각이 들었다. 그러면서 한없이 밤의 풍경에 매료되어 감상에 젖어있는 내가 가소롭게 느껴져서, 냉큼 차디찬 샘터의 물을 여러 모금 들이키며 정신을 차려보려 했다. 물은 생각보다 차고 투명했다. 밤인데도 샘터에 고인 물에 작은 물결이 빛을 내는 파동을 끊임없이 퍼뜨리면서 나를 압도하고 산을 장악해 버릴 것 같았다. 그래서 나는 미지의 너울에서 빠져나오려 급히 텐트로 돌아와버렸다. 막 들어서려니까 그가 물었다.

"밖은 좀 춥지 않은가?"

'그렇습니다.'라고 대답하며 떠온 물을 권했더니 자기도 마침 목이 타는 것 같아 고맙다면서 몇 모금 마시며 이내 내 술잔이 빈 것을 보고 또다시 술을 따라주었다. 물이나 술이나 같은 액체지만 차고 뜨거워 전혀 다른 감각을 준다. 그처럼 나와 그도 같은 인간으로서 아직은 서로를 자세히 알지 못한 채 마주하고 있지만, 물과 술처럼 차고 뜨거운 대조를 이루고 있다.

"도대체 무슨 일을 당하셨나요. 저로서는 감히 상상도 못 하겠지만, 들어보면 혹시 이해가 갈지도 모르죠."

내가 단도직입적으로 말을 걸자, 그는 약간 당황한 얼굴로 나를 응시하더니 전혀 다른 어조로 말을 꺼냈다.

"생각이 나네. 마치 청년과 같은 젊을 때였으니까. 겁이 없었지. 그땐 장비도 형편 없었고 사람들도 요즘처럼 이렇게 붐비지 않을 때였다네, 나는 항상 가장 친했던 벗과 산행을 다녔네. 그도 산을 사랑했고 나도 산을 아꼈지. 산에서 우리의 넋을 마모시키리라 믿었고 실제로 우린 그렇게 행동했지. 게다가 인수봉은 우리의 피를 끓어오르게 하는 거대한 암장이었고 언제나 말없이 우리의 도전을 기다리고 있었지.

그러던 어느 날, 그날도 인수봉은 아침 햇살을 받아 찬연히 빛을 발하고 있었네. 그 빛깔은 너무도 아름다워 화강암 직벽이 청초한 에델바이스의 하얀 꽃잎과도 같았다네. 그 순간은 자연을 느끼는 인간의 마음 중에서도 가장 숭고해지고 경건해지는 시간이라 생각했지. 지금도 기억이 생생해. 왜 그날 그런 사건이 일어나야 했는지. 그것을 기억하는 것은 지금까지 내게 불문율로 금지해 왔었지만, 청년을 보니 왠지 그때의 일을 이야기해야 할 것만 같은, 말 못할 의무감을 느끼는 것 같구만.

그래, 그날은 날씨가 더없이 좋았고 허리에 찬 장비가 맞부딪치며 내는 금속성의 경쾌한 소음도 더할 나위 없이 좋았지. 우리는 오르기 시작했네, 그가 선두에 섰고 내가 그를 바라보며 그렇게 우리는 올라가고 있었어.

그는 참으로 좋은 사람이었고 나무랄 데 없는 인간이었네. 언제나 소탈하고 겸허했던 사람이었으니까. 인수봉의 중간 지점까지 올라가게 되어 우리는 잠시 쉬기로 했지. 발아래는 초여름의 신록이 우거져, 마치 그 위로 떨어져도 푹신할 것만 같은 착각을 일으킬 정도로 그것들은 그렇게 고와보였네.

바람이 불었지. 돌이켜 생각해보면 그날 바람은 몹시 습했고 그것은 죽음의 냄새처럼 끈적했었네. 그러나 그땐 바람이 그저 싱그럽고 시원할 뿐이었어. 우리가 다시 오르기 시작하여 인수봉을 삼분의 이쯤 올랐을 때쯤 먹구름이 몰려오기 시작했네. 그래도 우리는 웃으면서 여유를 잃지 않았지. 그런데 그것은 만용이었고 교만인 것을 바로 뒤에 깨닫게 되었어. 그 엄청난 비가 퍼붓기 시작했으니까. 빌어먹을 놈의 비, 그 망할 놈의 비가 하필 그때 내릴 게 뭐람….”

여기까지 담담히 이야기하던 그가 흥분했기에 나는 적이 당황했다. 그는 마치 비를 증오하며 저주하듯이 몇 마디 더 상스러운 말을 하더니 술잔을 비우고서야 제풀에 진정된 것 같았다.

밖은 바람이 부는지 고고한 굉음이 간혹 스치고 지나며 그때마다 점점 또렷이 정신이 맑아졌다. 한차례의 비가 그에게 어떤 사건을 안겨줬기에 이토록 흥분하게 하는지 궁금해지려 할 때 그는 말을 이었다. 그러나 그의 말투는 다소 가라앉아 뭐라 할 수 없는 무거운 중량감을 가진 성량으로 말을 이었다.

“별수 있나 그렇게 비가 쏟아지니. 그런데 그때 내가 톱을 하고 있었는데, 그 흘러내리는 물 때문에 발이 미끄러져 그만 균형을 잃고 말았지. 몸이 기우는가 싶더니 순식간에 나는 떨어지기 시작했고, 또 그것을 채 느끼기도 전에 나는 자일에 의해 매달리는 꼴이 되고 말았다네.

그때의 절망감이란. 그나마 빗속에서도 견뎌 보려고 기운을 쓴 것이 더욱 사태를 악화시켰네. 힘이 빠지고 비는 오고, 그리고 그 와중에 나는 그를 올려 볼 수도 없었다네. 말 그대로 조난을 당한 거야. 쏟아지는 비를 맞으며 나는 그때의 상황을 냉정하게 생각했네. 그는 약한 나무에 확보해놓고 있었으므로 아마도 내가 떨어지는 충격에 그 나무는 많이 손상됐으리라고 판단했지.

그때 비가 뜸해졌기에 마침내 그를 올려 볼 수가 있었네. 그는 예상대로 나무가 부러지려 했기에 안간힘을 써서 나를 붙잡고 있었지. 그 시간이 말로 할 수 없을 만큼 길었기에 나는 불안하고 두려웠네. 그러나 내가 올라갈 힘도, 그가 끌어올릴 힘도 우리에게는 없었지. 그때 나는 주머니에서 뭔가를 느껴 그것을 잡았네. 그것은 작은 주머니칼이었지. 그 칼은 어서 자일을 끊으라고 그곳에 있었던 것처럼 그렇게 버젓이 내 주머니에 있었던 거야. 그래서 나는 망설였네. 아니, 그때는 망설이는 것이 아니라 그 칼로 나를 연결한 자일을 끊었어야 했네. 그렇게 해서 그라도 살렸어야 했는데. 그랬는데…"

그는 다시 말끝을 흐리는 듯싶었으나 이번에는 자제력을 잃지 않았다. 그런 상황이라니. 그런 상황이라면 어떻게 행동해야 옳을까? 만약에 내가 그곳에 있었다면 나는 과연 자일을 끊을 수 있었을까 하는 의구심과 함께 갑자기 약해지는 마음이 들었다.

"결국 나는 끊지를 못했네, 아니 끊을 수가 없었지. 마음 어디에선가 자일을 끊기는커녕, 오히려 그것을 잡도록 나를 일깨웠으므로, 그 생명의 집착에 따라 나는 아무 소용도 없으리라는 걸 알면서도 그렇게 매달려만 있었다네."

"하지만 누구라도 그렇게 행동할 수밖에 없었겠죠."

내내 듣고만 있던 나는 마침내 한마디 하지 않을 수 없었다. 끊어야 하는 것이 옳다고 주장하며, 그것이 당연하다고 말하지만, 오히려 그때 삶을 포기하고 죽는 것이 더 비인간적이라 생각했다. 만약 그런 인간이라면 성인(聖人)의 경지에 이르렀다고 말해야 하지 않을까.

"하지만 그 후가 더욱 기가 막히지. 내가 그런 갈등에 빠져있는 동안 마침내 그는 힘이 다해 그마저도 떨어진 걸세. 그는 단 한마디도 안 했지, 아니 빗소리나 혹은 나의 심적 상태가 그의 소리를 못 듣게 한 것인지도 모르네. 아차 하는 찰라, 그와 나는 같이 밑으로 굴러떨어지고 만 거야."

이럴 수가…. 그런 터무니없는 일이 일어나다니. 인수봉을 삼 분의 이나 올라가고 거기서 떨어졌다는데도 버젓이 살아있다니. 그것은 기적 같은 일이라고 여기며 그의 다음 이야기를 기다렸다.

"내가 정신을 차렸을 때는 이미 모든 게 끝난 뒤였네. 비는 그치고 나는 아래에 있던 나뭇등걸에 걸려 있었고 그의 모습은…. 그의 모습은 저만치 아래에 있어 겨우 옷자락만 보일 정도였네. 나는 목메는 소리로 그를 불렀지. 응답이 없었네. 수십 번, 수백 번을 부른 것 같았으나 아무런 소리도 들리지 않았다네. 다만 비가 그친 뒤의 공허한 바람 소리뿐, 미칠 것 같은 나의 발악에 울려오는 메아리뿐, 그의 말소리는 들리지 않았다네."

그리고는 말을 끊었다. 나도 아무런 말을 할 수가 없었다. 실제로 공허한 바람 소리가 우리의 텐트를 스치며 지나갔고 그새 양초가 많이 닳아 있다. 우리는 독한 술을 두서너 잔 계속해서 마시면서도 더 이상 대화를 잇지 못했다. 시계를 보니 11시 30분이 막 넘어가고 있었고, 나는 왠지 그 사람의 죽음이 떠올라 씁쓸했다. 한동안 묘한 침묵이 흐르다가 결국 그가 한마디를 내뱉었다.

"내가 비겁했던 거지. 그는 죽어버린 걸세. 사인은 전신타박상과 두개골 파열, 장례는 그 이튿날 뒤에 행해졌고 그 당시 구조대에 의해 뒤늦게 구조된 나는 연 사흘간 아무것도 먹질 못했지. 내 목숨이 아까와 다른 목숨을 잃게 하고 이 나이 되도록 살아온 나는 비겁한 인간이란 말이네."

그때 나는 확 치밀어 올라오는 무언가를 느꼈다.

"말도 안 되는 소리 마세요! 그것을 비겁하다고 말하지만, 누구나 그럴 수밖에 없는 상황이지 않습니까. 죽은 그분도 결코 아저씨를 원망하지는 않을 것입니다. 우연히 피치 못할 사고를 만났고, 결국 그러다가 자신의 아까운 벗을 잃은 것뿐이에요. 그것에 대해 너무 자학할 필요도, 자기 비하를 느낄 필요도 없다고요. 만약에 처지가 바뀌어 내가 그 상황이라면 과연 아저씨는 내가 비겁했다고 말할 수 있겠어요?"

"그건 자기합리화에 불과하네. 그리고 위선이야. 아무리 자위(自

慰)한들, 그리고 아무리 입장을 바꾼다 한들 내가 살고 그가 죽었다는 엄연한 사실만큼은 어쩌지 못해. 그러니 이토록 내 삶을 부지해 온 나란 인간은 비겁한 인간일 수밖에 없는 거야."

"그런 궤변은 그만 하세요. 아저씨가 살아있는 건 당연히 살 권리가 있기 때문이고, 그분이 죽은 건 운명 탓인지도 모르죠. 다만, 서로가 산을 사랑한 이상, 산에서 죽을 각오도 되었을 테고 그렇게 되었으니 모든 사고의 책임은 동등하게 지는 것이죠. 죽은 분은 죽은 것으로써 그분의 책임을 다하고, 아저씨는 살아남음으로써 그 책임을 다한 것입니다."

"청년이야말로 허울 좋은 이야기만 하는 것 같군. 어쨌든 나는 그 이후로 한동안 등산을 다니지 않았네, 그 이유는 사고의 충격도 충격이었으나 같이 다닐 벗이 없었기 때문이지."

그렇게 말하며 그는 어색한 제스처를 해보였다. 그러나 눈빛은 여전히 힘이 없었고, 아마도 그때의 상황을 기억해 냈기 때문인지 안면근에서 일어난 약간의 경련이 보였다. 그러면서 그는 담배를 꺼내 물었다. 내게 권하는 걸 사양하자 그는 초에 바짝 붙어 불을 붙이면서 연기를 길게 뿜어냈다. 그 연기는 뭉쳐있다가 곧 흩어지며 서서히 텐트 안에서 퍼져나갔다. 물론 나도 비슷한 위기를 당한 적이 있고, 몇 번의 가벼운 부상도 당해 봤으나, 어딘지 모르게 그의 이야기가 전설처럼 신비스럽게 들려왔기에 난 그의 이야기에 압도되어 얼떨떨한 기분에 빠졌다.

"그 이후로는 착실히 대학을 다녔다네. 그런데 우습게도 나는 어처구니없는 일을 또 당하게 된 걸세."

다시금 그의 말투가 약간 상기되며 궁색한 표정을 지으면서 말을 이었다.

"암벽등반의 사고 이후 나는 그런 등반을 피할 수밖에 없었고, 억지로라도 하게 될 때면 그때의 악몽이 살아나 한 발도 오를 수가 없게 됐거든. 그전까지만 해도 나는 손꼽히는 클라이머의 한 사람이었는데….

그래서 나는 장기 산행에 맛을 들이게 됐지. 산능(山陵)과 산등, 혹은 계곡을 오르내리며 내가 느끼는 성취감이란 대단한 것이었지. 줄기찬 능선, 드넓은 산악의 정, 그것을 보고 느끼며 나는 산에 대한 참맛을 알게 된 것이지. 그러면서 인수봉에서 있었던 사건의 죄의식에서 어느 만큼 벗어날 수 있었네. 그런데 그런 나에게 백색의 공포가 닥친 것은 대학 졸업을 바로 앞둔 동계 설악산 적설기 등반 때였다네."

'백색의 공포', 나는 다시 오싹해졌다. 또 힘든 상황을 겪었다는 것이 분명해서이다. 도대체 이번은 무슨 일이란 말인가.

"나는 또 다른 친구와 단둘이서 그 등반을 계획했네. 물론 무리한 여정도 아니었고 충분한 자신도 있었다네. 그런데 문제는 역시 예기치 않은 상황을 또 만나게 된 거라네. 그것은 처음과 다르게 서서히 시작되었고, 그 처음은 내가 다리를 삔 것부터 발단이 되었던 거지."

그러면서 그는 자기 발목을 쓰다듬었고 나는 아무 말 없이 듣고만 있었다. 어딘지 모르게 긴장감이 감돌았고 이미 텐트 안의 무게중심은 그에게로 옮아갔다.

"시원치 않은 겨울 등산화 때문에 나는 통증을 느끼면서도 강행했네. 산행 속도는 점점 느려지고 갈수록 고통은 심해져 발목은 많이 부어올랐는데, 그래도 억지로 갈 수밖에 없었네. 시간은 속절없이 흐르더니 그날 목적했던 양폭산장을 훨씬 앞두고 어둠이 내렸고, 겨울 산중의 저녁은 시시각각 금세 어두워져서 우리는 길을 잃은 듯싶었지. 일단 길을 잃자 나침반이고 지도고 할 것 없이 당황해서 1시간을 더 전진하다 텐트를 쳤다네. 그런데 그것이 바로 비극의 단초가 되고 만 것일세. 밤새 발은 심하게 악화하여 보행을 불가능하게 했고 날이 밝자 사태는 더욱 나빠져서 눈보라가 몰아쳐 시야를 가려 그날도 꼼짝을 못했지. 다음날에서야 행동을 개시했으나 이미 방향감각을 잃은 뒤였네. 우리는 꼬박 그런 식으로 사흘을 헤맸으나 아무런 표지도 못 찾고, 식량은 떨어지고 체력마저 모두 소모되어 희망도 사라진 채 하이포 써미아에 걸린 탓인지 주저앉고 말았지.

마침, 내 친구는 벼랑 끝에 앉은 걸 몰랐다네. 나와 그가 거리를 두고 앉아 있었는데 그의 배낭 탓인지 몸이 기웃 둥 하더니 벼랑으로 떨어지려는 순간 그는 나무를 붙잡았네. 그러나 무거운 배낭을 벗지도, 어쩌지도 못하고 매달려만 있었고 탈진한 그의 체력으로는 더 이상 버티기 어려운 처지였어. 나도 기운이 없었고 발은 움직이질 못하여 기다시피 그에게로 다가갔지. 가슴은 답답하고 일순이라도 달려가 그를 잡아 올리고만 싶었네.

내 심정은 정말 암담했고 갑자기 혼자 놓인 듯 고적해졌으며 살겠다는 욕망도, 의지도 모두 잊고 그저 눈을 감고 죽고만 싶었네, 내가 겨우 다가가 그를 잡았는데 그 순간 내가 잡은 손에 그의 체중이 모두 걸리는가 싶더니 곧 아무런 무게도 느끼지 못하게 됐네. 내가 그의 손을 잡는 순간 그는 나무를 놓치고 떨어지고 말았으며 기운이 없던 나는 그를 놓치고 다만 그의 장갑 한 짝만 달랑 잡고 있었던 것일세."

그렇게 해서 이 중년의 사나이가 또 다른 사건을 당한 것이다. 겨울의 설악산은 비정하게도 이 사람에게 또다시 견디지 못한 고통을 안겨주었다.

"그때 떨어지는 찰나, 경악에 질린 그의 표정, 그리고 장갑만 잡았을 때의 허전함은 마치 나를 아득한 지옥의 굴레로 빨아들이는 듯 두렵게 만들었지. 나는 모든 걸 포기하고 눈을 감고 정신을 잃었

▲ 설악산 계곡

으나 불행인지 다행인지 모르게, 때마침 지나던 일본인 등반대에 발견되어 또다시 굴욕적으로 구조되었고 30여 미터 아래로 굴러떨어진 그는 척추부상으로 하반신 불구가 되고 말았다네."

"하지만 이번에는 죽은 것이 아니었군요."

무심결 이렇게 말하자 그는 갑자기 성난 목소리를 냈다.

"무슨 소리를! 그건 죽은 것만도 못해, 차라리 죽는 게 낫지, 매일 매일 시중이나 받으며 그렇게 살아야 하는 것이 당사자에겐 얼마나 큰 고통인지 청년은 상상이 안 가나?"

"그러나 산다는 것은 그것만으로도 가치가 있는 것이고, 그렇게 살아 숨 쉬는 것 자체가 행복이 아닐까요?"

"하지만 내 생각은 다르네. 그 친구를 그렇게 만든 것도 역시 내가 비겁한 탓이지, 아마 좀 더 최선을 다했다면 구할 수 있었으나, 내가 체념한 것이 잘못이며 더군다나 부상을 입었으면서도 무리한 내가 죽일 놈이었단 말이네…."

연거푸 또다시 모든 것을 망각해 버리려는 양 그는 독주를 마셔댔다. 눈은 조금씩 충혈되고 그의 모습이 초췌하게 보여 심란해졌다.

등산을 한다는 것은 이토록 어렵고 욕된 일일까. 그도 다름없는 클라이머이건만, 왜 그토록 험난한 길을 걸어야 했을까? 이제는 완전히 자신을 비겁자로 낙인찍어 끝없는 비하감에 사로잡힌 이 사람의 지나간 사연들이 너무도 생생하게 나의 뇌리에 꽂혔다.

"그리고 또 얼마간 쉬다가 산에 가게 되면 으레 작은 사고가 생기고 그럴 때마다 그 일에 내가 직접 개입되지 않아도 같이 등반했다는 것으로도 영향을 끼친 것 같아, 죄의식에 사로잡힌 것이 한두 번이 아닐세. 이제는 내가 살아있으므로 비극이 존재한 것 같은 가당치 않은 생각마저 든단 말일세."

그 두 번의 사건이 얼마나 그를 철저히 뇌쇄(惱殺)시켰기에 그는 정신이상에 가까운 고뇌를 짊어지게 된 것일까. 혹, 그가 아무것도 하지 않고 세상에서 아무런 사고가 일어나지 않아도 분명히 그는 주기적인 트라우마에서 탈피하지는 못할 것이다.

그때 마시던 술이 다 떨어졌다. 그 순간 그의 눈이 빛나며 야릇한 미소를 띠곤 술병을 밖으로 던졌다. 고요 탓인지 술병 구르는 소리가 아무 매개체 없이 직접 가슴에 와 닿는 듯 싶었고, 순간적으로 보게 된 그의 표정이 내게 왠지 부담되었다. 그런 그에게 나는 두서 없이 마음속에서 솟아오르는 몇 마디를 말해주었다.

"어느 중견 등산가의 글을 보니 이렇게 쓰여 있더군요. 산을 오른다는 것은 하나의 힘든 작업이며 모든 대원이 조화를 이루어 만들어내는 작품이라고. 물론 모든 산악인이 더 높은 곳을 향하여 오르는 것 하나만으로도 등산은 계속돼야 하는지 모릅니다. 단지 보다 높은 데에 오른다는 한 가지만으로도 그들은 모든 희생을 감수하는지 모르죠. 저야 풋내기에 지나지 않고 아직은 산에 대해 모르지만, 그러나 불타는 의지와 투지가 살아있다고 자부합니다. 우리처럼 산에 오르는 사람들은 그런 마음가짐으로 산을 오르며, 넋을 불태우는 건지도 모르죠. 비록 지나간 시련이 있더라도 당신의 마음 어느 구석에 지금도 타오르는 의지가 살아있다고 믿고 싶습니다."

술기운 탓인지 웅변조의 거센 발언이 끝나자 한동안 그는 나를 주시했다. 나 역시 지지 않고 그의 낡아빠진 의지와 사고방식이 산산이 부서지도록 시선을 한데 모아 그를 쏘아보았다. 눈싸움은 집요했으나 결국 그가 시선을 떨구면서 끝났다. 한숨을 길게 내쉬더니 그는 내게 한마디를 던졌다.

"나는 낡았어도, 아직은 클라이머라네…."

잠시 눈을 붙인 듯했다. 부스스 일어나보니 텐트 안에는 아무도 없었으며, 밖은 막 여명이 터오르고 있었다. 지저분하고 탁한 텐트 분위기와 불편한 자세로 잔 탓인지 몸이 뻐근하여 나는 몸을 훌훌 털며 텐트 밖으로 나섰다. 좋은 양주라 그런지 숙취는 없었고, 머리가 오히려 맑았다. 여린 서광이 비치는 아침의 정취를 느끼며 심호흡을 했다. 개울은 맑게 흘러 시원한 물소리가 음악처럼 들렸고 상긋한 바람이 온몸을 감싸는 듯했다.

그런데 저편의 얕은 바위에 그가 걸터앉아 있다. 지난밤 한숨도 자지 않은 듯 아마도 그는 밤새 그곳에 앉아 있었으리라 여겨졌다. 그는 무슨 생각을 했을까? 그리고 밝은 햇살이 내리쬐기 시작하는 지금 스스로 어떤 결론을 얻었을지 모른다. 자세히 보니 그는 나시금 인수봉을 응시하고 있는 듯 시선을 그곳에서 떼지 않고 있었으며, 그 시선은 어제의 그것처럼 모호하지는 않았다.

내가 다가가자 그는 씽긋 웃어보이며 기분이 좋다는 몸짓을 보냈다. 시원한 개울 물을 떠서 얼굴을 씻으며 생각했다. 산은 우리의 인생을 단련하는 도장(道場)으로 시련을 안겨주기도 하지만, 지나간 숱한 나날, 산정에서 일어난 애환은 또 얼마나 많았을 것인가를. 그리고 목숨을 맞바꾸어야 했던 청춘들을. 하지만 인간은 어느 경우

▲ 설악 백운동 계곡 등반

를 막론하고 죽음 앞에서 비겁하지 않을 수 없을 것이다. 이는 그런 상황에 부닥쳤을 나를 옹호하자는 것이 아니라, 인간이 생명을 갈구하는 진한 본능이며 솔직한 자세라고 믿기 때문이다.

그런 생각에 빠져있는데 한 젊은이가 미친 듯 야영장으로 달려오고 있기에, 마침 그가 그를 붙들며 자초지종을 들었다. 사고다. 젊은이의 이야기를 들으면서 어제 술이 떨어진 순간처럼 그의 눈은 빛나고 있었다. 이내 장비를 꾸리기 시작하자 나 역시 일각을 지체할 수 없어 함께 장비를 챙기고 현장으로 달려갔다. 부상자가 생겼는지 꼼짝 못 하는 그들을 올려다보며 그와 간단한 구조 계획을 상의했다.

"오늘은 인수봉이 청초한 에델바이스의 빛깔처럼 고왔네."

이렇게 말하며 그는 자신이 톱으로 오르겠다고 했다.

"더 이상 비겁해지고 싶지 않아. 다만 내가 저들을 구한다면, 다소 속죄가 되지 않을까 싶어. 그래서 난 최선을 다해 그들을 구하겠네."

난 아무 말도 하지 않았다. 단지 그의 믿음직한 두 눈을 바라보며 무언가 뜨거운 것을 느낄 뿐.

그렇다. 그는 낡은 클라이머가 아니다. 그는 막 새로운 의지를 불태우는 영원한 산 사나이로 거듭난 것이다. 그가 힘차게 스텝 홀드를 밟고 일어섰다. 그의 눈은 생생하게 빛났고 그가 영웅처럼 보였다. 사고 현장에서는 여전히 구조의 외침이 들렸다. 거침없이 오르는 그를 보며 자일을 잡은 손에 힘을 주었다. 그가 살짝 나를 돌아보며 어제의 야릇한 미소를 던졌고, 나는 그가 전진하도록 자일을 풀어 여유를 두었다. 인수봉은 그가 말하는 것처럼 찬연한 빛을 띠었다.

* 이 작품은 1992년 이전에 쓴 것으로, 당시엔 북한산 등 국도립공원 내의 취사 및 야영 활동이 가능했었다는 것을 밝힙니다.

5.13 그 너머

5.13* 그 너머

A-1.

치마 그란데의 북벽이 바라보이는 롱게레스 산장에는 적막이 감돌았다. 멀리 전나무 숲 너머에서 간간이 양치는 목동의 방울 소리만이 들려올 뿐, 모든 것들이 고요를 애써 지키려 하는 듯했다. 북벽을 끼고 있는 계곡에서는 언제부터인지 안개가 올라오기 시작했고 안개비가 지붕을 적셔 가는 소리가 들린다고 그는 생각했다.

에밀리오 딜레이는 초조감을 느꼈다. 왜 체르마트에서는 연락이 없는 걸까? 뭔가 잘못된 것은 없는 걸까. 그는 연신 카라비너를 만지면 자신이 준비한 장비를 찬찬히 훑어보았다. 손수 만든 피켈과 마닐라삼으로 꼬아 만든 자일, 록 해머와 다수의 하켄, 아노락과 닉카바지, 그리고 알코올버너와 코펠 세트…. 이 모든 걸 혼자 준비했다. 하지만 저 벽을 홀로 오를 수는 없다. 그에게는 파트너가 필요

---

* 5.13 : 암벽등반의 표기방식. 미국 요세미티 10진 체계로서 5.10 이상은 기술등반을 의미하고 5.13은 극도로 어려운 등반을 나타내는 등급이다.

했다. 이미 북벽의 허리 이상이 짙은 농무에 쌓여 버렸고 이 상태라면 등반은 어림도 없을 것이다. 빗줄기가 점점 굵어지며 이제 더 이상 기다릴 필요가 없다고 생각했다. 예전에 느끼지 못한 오한을 느끼며 그는 양피 코트를 어깨에 걸쳤다. 이번이 벌써 몇 번째인가. 이러다 영원히 저 벽을 오르지 못한다면. 그는 곤혹감에 빠지며 왠지 자신이 자꾸만 막다른 골목으로 몰린다는 강박감을 떨치지 못했다. 차라리 글라이네 샤이테크에가서 한스 그란트를 다시 만나야 한다. 고개를 들어 힘없이 창밖으로 시선을 던졌다.

안개의 회오리에 묻혀 가는 치마 그란데의 북벽이 을씨년스럽기만 하였다.

B-1.
커피포트에서 더운 김을 뿜어내는 것을 언뜻 보고서야 영식은 잠시 쉬어야겠다고 생각했다. 시간은 어느덧 새벽 2시. 오실로스코프의 파형은 여전히 정상치를 나타내고 있다. '이 상태로 계속 유지되어만 준다면….' 그는 이번 개발프로젝트의 막바지에 와 있는 자신이 마라톤 경주의 스퍼트처럼 힘을 내야 한다고 생각했다. 하지만 왠지 알 수 없는 노이즈가 데이터에러를 야기시키는 이상현상을 잡아낼 수가 없다. 인터페이스에는 별문제가 없었다. '그렇다면 역시 변압기를 거칠 때 트랜스에서 잘못된 것은 아닌지. 그보다 케이블

자체의 데이터 손상이 생각보다 심각한 수준일 수도 있겠는데….'

그는 데이터 통신 시스템을 이토록 낡은 건물에서 시험 운영하는 것이 마음에 걸렸다. 건물이 오래되어 증개축을 여러 차례 해왔고 중앙난방도 제대로 되지 않는 등 사방에 문젯거리가 산재해 있다고 봐야 했다. 그런데도 그는 이곳에서 해보자고 우겼다. 특히 신뢰성이 낮은 전자제품의 경우는 더욱 열악한 환경에서 시험해야 하는 것이 안전하다는 자신의 소신을 꺾지 않았다. 하지만 지금에 와서는 약해지고 있다. 모든 것이 원만하게 진행되다가 막판에 와서 데이터에 치명적인 에러가 발생하고 있다.

무더운 열대야의 밤들을 에어컨도 없는 비좁은 공간에서 버티면서 기본적인 시스템 네트워크를 거의 마무리 지었다. 하지만 날이 제법 서늘해지면서 이제 일을 쾌적하게 마무리 지으려니 잘되던 시범운영에 이상 현상이 발생하고 있어 영식은 당황했다. 그럼에도 이번 일은 반드시 끝내야 한다. 어떤 어려움이 있더라도 그는 포기할 수 없다. 자신을 믿고 개발자금을 지원해준 고향 선배의 믿음을 배신하지 않기 위해서라도, 그리고 자기 자신에게 지지 않기 위해서라도 이 난제를 풀어야 했다. 하지만 과연?

커피를 진하게 타면서 그는 크림을 풀 때 생기는 작을 소용돌이를 찬찬히 들여다보았다. 지치기 전에 이 일을 끝내지 않는다면, 저런 어처구니없는 소용돌이에 자신이 휘말릴지도 모른다는 불안이 조금씩 그를 조급하게 만들었다.

C-1.

"기태 씨 오늘은 좋은데?"

땀에 배인 눅눅한 초크 가루를 털어내며 기태는 암벽화의 끈을 풀었다. 조금 저려오던 통증이 이내 사라지고, 발이 이제야 제대로 숨을 쉰다고 느끼며 어느새 곁에 와서 같이 신을 갈아 신는 미정의 밝은 목소리에 뒤늦게 화답하였다.

"아직 멀었지. 여전히 펌핑이 빨리 와서 문제야."

"어머? 그 정도면 너끈히 5.13은 하겠다. 너무 욕심이 많은 것 아니에요?"

그는 그녀의 호들갑을 뒤로하고 슬리퍼를 신고 샤워 장으로 향했다. 계집애. 지가 뭘 안다고. 이제 겨우 일 년 차밖에 안 되는 미정이가 인공암장만 하면서 뭔가 하는 것처럼 구는 게 그는 못마땅했다.

자신이 하고자 하는 목표에 대하여 과연 누구에게 진솔히 이야기를 할 수 있을까? 그걸 이해하는 이도 몇이 되지 않는다. 소위 전문 등반을 한다는 이들도 너무나 분야가 다르기에 각자가 자신의 잣대를 가지고 모든 것을 평가하기 마련이다. 그리고 그는 지금 자신이 선택한 목표가 너무나 어렵다는 것을 체감하기 시작하며, 서서히 맹

목으로 치닫는 마음이 자꾸만 무거워졌다.

영식은 어떨까. 어제도 날을 홀랑 샜겠지. 녀석이 매달리는 전자 회로는 생각만 해도 머리가 어지러운데. 그래도 그 일은 돈이라도 생기는 일이니까. 하지만 기태는 그 역시 고지식하다는 걸 잘 알고 있다. 그보다 자신이 문제이다.

자유로워지고 싶다. 적어도 바위에서만큼은. 그것이 가능할 수 있을까? 5.13을 해낸다고 해서 진정한 자유를 느낄 수 있다면 그는 그 꿈을 포기할 수 없다. 하지만 그 일이 얼마나 힘든가를 그 누구보다도 기태는 잘 알고 있다.

A-2.

1932년 8월 26일.

자신이 절망에 빠지지 않게 하는 힘은 어디에서 오는가.

오늘도 또다시 한계의 벽을 실감한다. 일상에서 놓쳐버릴 수밖에 없는 사소한 감정들. 때로는 그것마저 나를 지치게 만들고, 언제부터 시작되었는지 모를 나만의 유랑(流浪)은 오늘도 기약 없는 여정으로 나를 내몰려 하고 있다. 내게는 스스로에게 길들여진 잘 알려지지 않은 음식이 필요하다. 내가 원하는 것은 결코 말이나 글로 표현되는 것이 아니라 행동이다.

자유로운 몸짓. 누군가에 의해 강요되는 것이 아니라 더 이상 가둘 수 없는 자의식(自意識)의 충만으로 하여 발산되는 가식 없는 육체적 수고이며, 두려움 없는 담대한 용기의 실현이다. 인간은 무엇인가를 갈구할 수밖에 없는 불완전한 존재이다. 다만 내가 두려워하는 것은 관념의 포로가 되어, 본질이 잘못 전달되는 것조차 깨닫지 못하는 불감증에 빠지는 것이다. 삶의 안위에 기대어 행여 근육 기관이 퇴화하고 심장이 녹슬어버릴지도 모른다는 염려이다.

그런데도 나는 오늘 무엇을 하고 있는가? 시간이 나를 삭게 하는 것. 그것을 방관하며 자기합리화에 급급할 뿐, 어느새 초라한 음지 식물로 한편에 도사리기를 혹시 바라고 있는 것은 아닌지.

나를 거친 벼랑으로 내몰아야 한다. 프르지타 북벽에서 눈보라에 갇혀 깊은 절망의 나락으로 빠져들 때, 내게는 그것이 차라리 행복이었고 내가 갈망하던 지순(至純)의 절정이었다. 그때는 어떠한 허식도, 위선과 헛된 바램도 없이 나 자신의 생명에 얼마나 충실하였던가. 불타는 의지와 단련된 나의 육체로 나는 그곳에서 빠져나올 수 있었다. 나를 절망에서 지키는 것은 오직 나 자신뿐이라는 진리를 힘겹게 익히는 일. 내게는 그것이 필요하다.

"시간이 없다. 나를 더욱 험난한 시험에 던져야 한다. 생명을 위협받을 때 오히려 생명이었음을 강하게 실감할 수 있다는 역설. 그것이 지금 내게 가장 절실한 것이다."

- 『에밀리오 딜레이의 일기』 중에서 -

BC-1.

"오늘 술이 잘 받는 것 같은데."

"영식아. 뭐, 안 좋은 일이라도 있었어?"

"아니, 지금하고 있는 개발프로젝트가 영 시원치 않아서…."

"니가 하는 일에 언제는 쉬운 게 있었니? 한 가지에 집중하다 보니 슬럼프에 빠진 거겠지."

"기태야. 넌 어때? 여전히 5.13에 매달리는 거야?"

"매달리다니, 올라가는 거지. 하긴 박 터지게 해봐야 그게 그거 같기도 하고."

"그래도 네가 부럽다. 나 벌써 배 나온 것 봐."

"우리 나이엔 조금만 운동을 안 해도 배가 나오기 마련이지. 왜? 좀 더 바위 좀 하지 그랬어?"

"…."

"나. 역부족인가 봐. 여기서 그만뒀으면 좋겠어."

"짜식, 내가 할 말을 하고 있네. 너 취했니?"

"도저히 모르겠어. 그 알 수 없는 노이즈 때문에 미칠 지경이야. 요즘은 여기까지가 내 능력의 한계가 아닌가 싶고, 더 공부하자니 엄두가 나질 않고. 자고 일어나면 새로운 게 나와 있으니 어디 쫓아갈 수가 있어야지."

"영식아. 그래도 넌 그 방면에서는 쳐 주는 편이잖아. 그리고 돈

벌이도 되는 일일 테고."

"모르는 소리 마. 어차피 빚이고 성공해도 재주는 곰이 부리고, 돈은 누군가 따로 챙기는 법이야."

"…."

"우린 서로 끝이 보이지 않는 터널에 들어와 있어. 너무나 어려운 목표를 택한 건 아닐까 하는 회의와 그걸 해내려는 투쟁이 있을 뿐이겠지. 어차피 운명이 아닐까?"

"운명?"

C-2

'전체 길이 12미터. 퀵드로우 5개 사용. 홀드 수 17개. 오버행 최대경사각 115도. 힘겹게 3번째 볼트를 따다. 발란스잡기가 상당히 애매함. 변형된 2지점 등반이 요구되는 구간. 그러나 크럭스는 다음 피치일 것으로 판단. 오른쪽 스텝 홀드를 아웃사이드로 디뎌야 하고 가능한 한 몸을 벽에 붙인다. 이번 홀드는 벙어리이므로 충분한 초크를 사용. 펌핑이 오는 지점. 골절부를 모두 펴고 근육의 경직에 최대한 대비해야 한다. 왼쪽 발은 몸이 돌지 않을 정도로 벽에 살짝 대고 순간적인 발란스를 이용, 오른쪽 홀드를 재빨리 잡아야 한다. 일단은 성공. 2~3초의 여유도 줘서는 안 된다. 바로 펌핑이 오니까. 다음에 걸 퀵드로우를 입에 물어 하네스에서 퀵드로우를 빼내는 시간을 절약해야 한다. 시선을 너무 올리지 말고 유연하게 다음 동작을 연결해야 한다. 다리를 곧게 펴고 팔을 조금만 더….'

순간 기태의 눈앞에서 벽이 솟아오르는 것을 보았다. 이어서 하네스에 가벼운 충격이 느껴지고 허공에서 그의 몸은 진자운동을 하고 있었다. 이번에는 크럭스에도 이르지 못하고 떨어졌다. 잠시 산만한 생각에 빠진 건 아닐까. 매달려있는 자신이 푸줏간의 고깃덩이같이 한심하다고 그는 생각했다.

B-2.

로직 아널라이저를 조작하던 영식은 잠시 작업을 멈추고 생각에 잠기지 않을 수 없었다. 에러정정루틴이 필요했다. 하지만 우선 이상 노이즈의 원인을 규명하는 게 먼저이다. 그걸 위해 그는 시험일지를 다시 살펴봐야 했고 그것은 그에게 번거로운 일이었다. 그보다 잠시의 휴식이 필요하다. 요즘 들어 몸이 으시시한 게 몸살 기운이 올라오는 것 같았다. 이상노이즈는 규칙적이지 않고 너무 간헐적인 데다가 뜸했다. 차라리 자주 발생한다면 원인을 잡아내기 쉬울 텐데. 괜찮을까 싶으면 한 번씩 에러 메시지를 남기고 그날은 계속 혼신(混信)만 잡혔다.

'방법이 없을까?'

지금과 같은 시리얼 통신방식은 0과 1의 2진수 단위로 데이터를 송출할 수밖에 없다. 먼저 2㎜/sec의 인터벌을 주어 데이터 신호를 보낸다. 그렇게 되면 2바이트 신호를 0으로 읽어 메인 컴퓨터에서는 데이터를 읽기 시작한다. 다음은 메세지를 1㎜/sec의 속도로 1바이트씩 보낸다. 그 후 조회 코드. 이 코드가 따라가게 되면 수신모뎀이 이를 확인한다. 만약 데이터에 이상이 감지되면 CRC에러 메세지가 뜨게 되고 송신부에서는 다시 데이터를 송신하여 에러를 없애는 것이 기본원리이다. 과거에는 전용라인을 통해 RS 232C방식이나 RS 422방식을 사용하여 기본적인 디지털 통신을 해왔으나 기존의 건물에 시공할 경우 전용라인을 설치하기 위한 경비와 납기, 그리고 무엇보다도 설치의 난해성으로 인하여 그 사용이 한정되어온 것이 문제였다.

영식은 그러한 문제를 해결하기 위해 어디에나 깔려 있는 220볼트용 전기코드를 이용하자는데 착안하였다. 물론 그러한 기술과 시도가 전혀 새로운 것은 아니었다. 이미 8163계열의 IC를 통해 상당히 보편화된 기술이기는 했지만, 아직 실용화 단계에는 미흡한 수준이다.

문제는 노이즈였다. 그는 그러한 문제를 데이터의 주파수를 높이면서 자신이 고안한 새로운 스크램블 기술을 접목해 상당수 해결할 수 있었기에 기존의 전기선으로도 신뢰도가 높은 데이터 송수신방식을 완전 실용화할 수 있다는 확신을 가질 수 있었다.

그렇게 된다면 전기가 통하는 곳은 어디나 별도의 전화선이나 통신용 케이블을 설치하지 않고도 컴퓨터 통신이 가능해진다.

그러한 꿈을 실현하는 것. 엔지니어는 그러한 순수한 열정이 있기에 모든 이들의 삶의 질을 높이는 것은 물론 인간을 노동에서 해방시킬 수 있는 힘을 보유한다고 믿는다. 아울러 인류를 구원할 수 있는 것이 있다면, 그것은 종교나 철학이 아니라 공학의 의지에 있다는 것이 영식의 믿음이다.

이상노이즈만 잡힌다면. 그렇게만 된다면 더 이상 문제 될 것은 없다. 0과 1. 2진수. 그리고 또 0과 1…. 자꾸만 허공에서 서서히 일그러지기 시작하는 숫자들의 환영을 보며 영식은 어디엔가 이 문제를 풀어줄 해답이 있을 것이라는 상상하며, 아릿한 피로감을 이기려 관자놀이를 짚은 손에 힘을 주었다.

C-3.

"박 선배님께서 보내주신 최신호 ≪마운틴≫ 지(誌)에 실린 에밀리오 딜레이에 대한 등반 인물발굴특집 기사를 아주 잘 읽었습니다. 내일쯤 샤모니로 이동하시겠군요. 그에 대한 다른 자료가 있다면 알아봐 주시기 부탁드립니다. FAX로 소식 드리기 송구스럽군요. 그럼 멋진 등반을 기대하며 글 줄입니다."

- 1996. 9. 18. 배기태.

A-3.

"친애하는 그란트에게.

(전략). 그래서 내 계획에 대한 자네의 견해에 대해 꼭 해야 할 이야기가 있네. 그리고 그러한 판단의 확증을 얻고자 나는 어제 오론조 출신의 젊은 가이드 한 사람과 치마 그란데의 첫 피치를 시등(試登)을 해 보았네. 확실히 처음 220m의 오버행은 과연 등반이 가능할까 하는 의문을 일으킬 정도로 매끈하고 벽면은 대성당의 둥근 돔 내부의 천정과 같이 휘어 보이더군.

아마 그 위에서 돌을 떨어뜨린다면 벽에 닿지 않고 곧바로 바닥에 떨어질 정도라고나 할까? 우리는 그 벽을 오르기 위해 하켄을 사용하지 않을 수 없었네. 하지만 단단하지 않은 석회암이 층을 이루며 쉽게 부서지는 바람에 처음부터 어려움을 겪을 수밖에 없었네. 그럼에도 우리 같은 돌로미테 출신의 클라이머들에게는 이러한 인공등반 기술이 보편화되어있어 그나마 치마 그란데 북벽에 길을 여는데 가능성이 있다고 믿고 있네.

결국 비가 내리며 날씨가 나빠져서 아쉬운 시등을 간단히 끝냈지만, 나는 오히려 등반의 성공에 더욱 자신을 가지게 되었지. 물론 자네 같은 독일 출신의 클라이머나 빙설벽에 능한 샤모니 쪽의 등반가들이 볼 때에는 이번 등반이 불가능하게만 보이겠지. 하지만 열쇠는 하켄의 사용에 있다는 걸 그쪽에서는 이해하기 어렵겠지.

물론 잘못하면 오버행에서 그대로 떨어지는 돌멩이의 운명이 될지도 모르지만.

아무튼 이 등반은 해 볼만한 가치가 있다는 믿음에는 변함이 없네. 벌써 몇 번이나 이 등반이 성사되지 못하고 끝내 무산되었는지 자네는 잘 알고 있겠지. 이제 내게는 자네와 같이 강인하고 출중한 파트너가 필요하네. 현지에서의 준비는 이미 완료되어 있으니 좋은 회답을 기대 하겠네."

- 1932년 9월 10일 〈에밀리오 딜레이의 편지〉 중에서

C-4.

기본적인 스트레칭을 마치고 나자 기태는 알 수 없는 무력감에 빠져드는 자신을 느꼈다. 그것은 아마도 어제 미정과의 석연치 않은 언쟁 때문이라 할 수 있다. 물론 내용은 별 게 아니다. 잘못이라면 평소처럼 인공암장을 연습하던 중 미정과 다른 후배와의 논쟁에 자신이 끼어들어 후배의 편을 든 것이 문제였지만, 따지고 보면 미정의 주장도 틀리지 않았기 때문이다.

발단은 서로의 그레이드 수준을 놓고 이야기를 한 것이 결국 자존심 대결로 간 것이다. 사실 암벽등반의 수준을 절대적인 기준으로 평가한다는 것은 불가능한 일이며, 그로서도 그럴 필요가 없다는 것이 평소의 소신이다.

상대적으로 키가 작을 수밖에 없는 미정은 15㎝나 작은 자신과 같은 기준으로 그레이드를 매긴다는 것은 불공평하다는 것이다. 그렇게 되면 역시 20㎏이나 무거운 자신도 불리한 것은 매한가지라는 논리로 후배가 맞서면서, 미정의 이야기를 무시해버리려 했다.

물론 키가 크든 몸이 가볍든 클라이밍, 그 자체가 쉬운 것은 아니다. 등반가가 어려운 등반을 선택하며 그에 매진할수록, 그 자신에게는 지고지순(地高至純)의 자긍심이 필요한 것은 사실이다. 하지만 온갖 상황을 고려할 수밖에 없는 등반의 세계에서 과연 절대적 기준이라는 것이 존재할까?

기태는 등반의 난이도에 따라 만들어진 요세미티 십진법 등급에 따른 그레이드가 사실 실재할 수 없는 개념상의 것일 뿐이라고 언제부턴가 느껴왔다. 다만 정도의 차이를 시사하는 것뿐이라는. 하지만 어느새 등반계에서는 5.11이니 5.12니, 해가면서 그만한 급수를 할 수 있는가 없는가가 등반가의 기량을 평가하는 기준이 되어버린 것이 사실이다.

그렇다면 자신이 추구하는 5.13은 무얼 의미하는 걸까? 어제 미정은 볼멘소리로 여자로 태어나 키가 작은 것이 한(限)이라며 같은 신체조건만 되어도 못 오를 곳이 없다는 식으로 끝내 눈물을 글썽이지 않았던가. 그러한 미정의 억울함을 이해 못할 바도 아니지만 결국 모든 문제를 클라이머, 자신이 떠안고 나갈 수밖에 없다는 현실을 아는 그로서는 그녀의 논리적이기 만한 투정을 받아 줄 수 없었다.

왜냐하면 우리는 이 길을 선택했으니까. 다만 그렇게밖에 말할 수 없으며, 자신도 그렇게 생각하지 않는 한 이 길을 끝까지 갈 자신이 없었다.

그것은 종교의 회의가 올 때마다 '신(神)의 뜻이기에'라는 한마디로 버티는 신도들과 다를 게 없는 것이다. 그것을 잘 알면서도 자신은 다시 아무런 의미도 없는 작은 벽에 스스로 붙들어 매야 한다는 것이 한심했다. 그럼에도 그는 본격적인 웨이트 트레이닝을 시작하기 위해 몸을 움직였다.

어차피 그도 이 길을 선택하였으므로.

BC-2.

다소 외진 곳이라 그런지 주위는 조용했다. 기태는 영식의 술잔에 소주를 부으며 오늘따라 소주가 맑아 보인다고 생각했다. 여린 조명에 스산한 한기가 왠지 마음을 더욱 차분하게 만들었고 서너 잔 걸친 술기운이 그의 마음을 포근하게 만들었다.

"포장마차에서는 오랜만이군."

"하지만 요즘 포장마차 술값도 만만치 않아. 그냥 추억 삼아 오는 거라고나 할까."

말꼬리를 흐리며 기태는 아차 싶은 마음으로 포장마차 주인의 안색을 살폈으나, 그는 그 소리를 못 들은 듯 추가로 시킨 꼼장어를 굽는 데 여념이 없어 보였다. 한때 영식과 북한산 인수봉을 제집 드나들듯이 다니던 학창 시절에는, 포장마차만큼 좋은 곳은 없다고 믿었는데, 이제는 이렇게 포장마차를 찾는 것 자체가 청승맞게 생각될 정도로 모든 것이 달라졌다.

전공 분야가 달라 다른 길로 취업했어도 기태는 영식이 너무 일찍 바위를 그만두었다는 아쉬움을 여태껏 지우지 못했고, 그도 그럴 것이 영식의 암벽 실력도 기태만큼이나 뛰어났기 때문이다. 실제로는 오히려 영식의 암벽등반에 대한 집착은 기태보다 더했다. 비록 짧은 기간이었지만 모험적인 암릉종주나 루트개척에 열을 올리며 무모한 등반을 시도하여 기태의 편잔을 듣기도 했을 정도였다.

그러다 그는 갑자기 그 모든 걸 그만두었다. 그리고 일절 산에 발길을 끊어 기태를 놀라게 했고 지금까지 그 연유를 말하지 않고 지내왔다. 한편 기태는 그러한 그의 행동을 이해했다. 남달리 자존심이 강하고 학구적인 열의가 뛰어났던 영식에게는 바위보다 다른 목표가 생겼다고 나름대로 추측했고, 지금은 자신이 결코 알 수 없는 전자통신 분야에서 전혀 새로운 기술을 추구한다는 걸 알고 있다.

기태는 영식보다 자신이 언제까지 산에 다닐 수 있을지를 생각하며 영식에게 말을 걸었다.

▲ 1994년 겨울 북알프스 등반 중

"에밀리오 딜레이라고 들어봤어?"

"딜레이? 어디서 들어본 것도 같은데. 외국인들 이름이 그게 그거 같아서."

"아마 못 들어 봤을 거야. 최근에 알프스에서 유명한 클라이머보다 알려지지 않은 인물들을 찾아내는 특집기사에서 나온 사람이니까."

"그런데 왜?"

"그냥, 좀 특이한 인물인 것 같아 생각나서 물어본 거야. 1933년에 치마 그란데가 초등 되기 직전에 당시로서는 파격적인 디레시레마를 시도하다 의문의 추락사로 기록된 인물이지."

"직선으로 루트를 삼아 오르다 죽은 의문의 추락사?"

"그래. 전혀 등반 가능성이 없는 코스를 택하여 어려운 오버행 구간을 돌파한 다음 떨어져 죽었다는군. 남은 구간은 그보다 쉬운 코스라 계속했다면 초등의 기록을 남겼을 텐데."

"그게 무슨 의문사가 될 수 있어?"

"같이 등반한 독일인 클라이머 한스 그란테의 증언에 의하면 그가 선등할 때 마지막 구간에서 하켄을 전혀 가져가지 않았다는 거야. 그리고 자일의 끝이 끊어진 게 아니고 그냥 풀려 있었다는 이야기야."

"그럼 자살했다는 건가?"

기태는 그러한 영식의 질문에 건성으로 답하면서 특집기사가 불확실하게 끝나있는 것을 못마땅하게 생각하며 술잔을 단숨에 비웠다. 그는 정말 자살한 것일까? 정황으로 보자면 그럴 만도 했지만, 그의 일기나 남겨진 편지로 볼 때 쉽사리 자살을 택할 인물은 아니었다. 아무튼 70년여 전의 일을 명확히 밝힌다는 것은 불가능했고, 준비가 덜 된 상태에서 서둘러 알프스 원정을 떠난 박 선배에게 무리한 부탁을 한 것이 후회스러웠다. 어느새 취기가 돌았고 불현듯 감상적인 마음이 일자 기태는 그동안 차마 묻지 못했던 영식에 대한 문제가 에밀리오 딜레이보다는 먼저라는 생각이 들었다.

"영식아. 그런데 너 왜 갑자기 바위를 그만뒀냐?"

기태의 질문에 영식은 피식 웃으며 준비되어 있었다는 듯한 말투로 담담하게 입을 열었다.

"언젠가 네가 그렇게 물어 올 줄 알았어. 오늘 에밀리오의 이야기를 들으니 내가 산을 그만둘 때의 일들이 생각나네. 누구에게나 설명하기 힘든 부분이 조금씩은 있기 마련이지. 나는 에밀리오 딜레이를 이해할 수 있을 것 같아. 겁 없이 산에 다닐 때 너도 그랬겠지만 나 역시 마음에 차지 않는 게 너무나 많았어. 무엇이든지 할 수 있을 것 같았고 누구에게도 지고 싶지 않았어. 뭔가를 보여주고 싶다는 강렬한 열망 같은 것 말이야. 하지만 어느 날인가 늘 자신에게 물었던 집요한 질문에서 결국 나는 벗어날 수가 없었어. 그것은 내가 왜 그토록 산에 다녀야 하느냐는 근본적인 문제였지."

왜 산에 다녀야 하느냐는 근본적인 문제.

그것에 대해 기태는 갑자기 체한 듯 가슴이 답답해지는 조급함을 느꼈다. 그리고 그 문제가 클라이머에게는 사실 불문율임을 그에게 말해주고 싶었으나, 이미 등산을 그만둔 그에게 뭐라 말할 처지가 못 되는 자신을 느꼈다. 그 문제에 대해 영식은 이미 자유로운 자연인으로서 어떤 말이든 할 수 있는 입장이라는 것을 그는 깨달았다. 영식은 더 이상 클라이머가 아니었기 때문이다.

"내가 산에 다닌 것은 하나의 치기였는지도 몰라. 그저 산을 통해서 남보다는 다른 나 자신을 인정받고 싶었다고나 할까? 좀 더 솔직히 말하자면 내게는 산이 교만의 도구였는지도 모르겠어."

교만의 도구. 그 말에 기태에게도 뭔가 걸리는 구석이 있었다. 자신도 그랬던 것이 아닐까 하는 부끄러운 자각. 하지만 자신에게는 꼭 그런 것만이 아니었다고 항변하는 또 다른 자아가 있음을 그는 느꼈다. 그에게는 그저 '선택'이었고 다른 복잡한 이유를 둘러대기보다는 등반의 길을 선택했기에 후회가 없으며, 끝까지 포기하고 싶지 않다는 순수한 마음일 뿐이라고 영식에게 이야기하고 싶었다. 그때 그에게 그 말을 가로막는 또 다른 생각이 기태의 덜미를 잡아챘다.

'그렇다면 5.13은 내게 무엇일까.'

B-3.

영식은 어제 포장마차에서 술을 마시며 자신을 자제하지 못한 것을 후회했다. 단순히 스트레스를 풀자고 기태와 가볍게 마시려 했던 것이 폭음이 되어 몸살 기운이 도져 온몸에 오한이 나고 열이 심하게 나기 시작했기 때문이다. 감기약을 독하게 지어 먹어서인지 졸음이 쏟아지고 몸을 가누기가 더욱 힘들었다. 온종일 시스템을 점검한 결과, 아직까지는 양호했으나 여전히 마음을 놓을 수가 없다. 어제도 저녁나절부터 이상 노이즈에 걸려들었고 답이 날 것 같지 않아 짜증이 나서 기태를 불러 술을 마신 것이다.

이제는 투자한 쪽의 독촉도 만만치 않다. 여력이 있어 자금을 댄

것도 아니고 자신의 여망을 이기지 못해 고가의 장비를 마련한 경우라서 이제는 결론을 내야 할 때가 되었다. 다시 밤을 새워 처음부터 점검을 해야 한다고 생각하니 끔찍했다. 그때 이상노이즈가 잡히며 그를 긴장시켰고 잠시 후 건물에서 숙식하며 관리를 보는 박씨가 그를 찾아왔다.

"어이. 좀 쉬었다 하지 그래. 얼굴이 반쪽이 됐어. 내 방에 전기장판을 켜놨으니까 거기서 땀 좀 내고 푹 자는 게 어때?"

"아닙니다. 아직은 버틸 만해요. 괜한 걱정을 끼쳐 드려 죄송합니다."

"그래도 그렇지. 아무리 젊다고 이렇게 밤을 새워서야…."

박 씨가 나가자 그는 더욱 모니터와 각종 계기판에 매달릴 수밖에 없게 됐다. 이상이 생길 때 원인을 알아내야 했기 때문이다. 그런데 더 이상 계측장비로는 알아낼 수가 없다. 이제는 전원 케이블을 따라 정밀 점검을 하는 수밖에 없지만, 엄두가 나질 않았다. 새벽 2시가 지나고 있다. 뒷머리가 뻣뻣해지고 현기증이 나기 시작했다. 아직 서른이 채 되지 않았는데 이러다 쓰러지는 게 아닐까 하는 불안이 처음으로 그를 곤혹스럽게 만들었다. 차라리 박 씨 말대로 한숨 자고 내일 인원을 지원받아 차근히 라인을 따라 문제를 원점에서 찾아야 할 것 같다. 서늘한 새벽 기운이 그의 오한을 더욱 고무했다. 어릴 적에 느꼈던 따뜻한 아랫목이 간절히 생각났다. 전기장판이라면. 거기까지 생각에 이르는 순간 그는 화들짝 뭔가에 감전된 듯 정신이 번쩍 들었다.

'코일!'

'내가 왜 여태 그 생각을 못 했을까?'

단말기에서 보내진 데이터는 전원플러그를 통해 프론트에 있는 메인 컴퓨터로 전송되게 되어 있다. 그사이에 전기장판이나 커피포트와 같이 코일을 감아 열을 내는 전열기를 통과하면 코일에서 발생하는 유도 기전력이나 자기의 효과에 의해 데이터가 손상을 입을 것은 당연했다. 여태까지 그 사실을 깨닫지 못하고 커피나 끓여 마시던 자신이 한심하게 느껴졌고 이제야 궁극적인 원인을 알아내게 된 것이다. 그러나 막상 데이터가 그 코일의 장애를 넘어 제대로 전달된다는 과제는 그가 지금까지 풀어온 숙제보다 더 어렵다는 걸 굳이 생각해보지 않아도 알 수 있는 일이었고, 이제야 자신이 넘어야 할 한계의 벽에 부딪히는 걸 힘겹게 인정하지 않을 수 없었다.

AC-1.

별이 총총했다. 앞서가는 이의 실루엣이 간신히 보일 정도로 아직 주위는 어두웠다. 거친 돌밭 길을 따라 기태는 처지지 않으려 애를 썼지만, 앞사람과의 간격이 전혀 좁혀지지 않았다. 부지런히 발을 놀리며 따라가는 데 앞서가던 이가 발길을 멈추며 돌아섰다. 여명의 빛을 등지고 세 개의 연봉(連峯)이 눈을 가득 채웠다.

"저게 치마 그란데 디 리바레도야."

검은 그림자로만 보이던 그가 낮게 신음하듯 중얼거렸다. 기태는 자신이 겁에 질려있음을 알았다.

'치마 그란데 디 리바레도? 그렇다면 저 사람은….'

어디선가 돌사태가 나는 소리가 멀리서 울려 왔고 별빛은 힘이 약해지며 햇빛에 가려지는 듯 보였다.

"클라이머의 운명은 별빛에 달려 있기도 하지. 너무 반짝거리면 폭풍을 예고하기도 하고 구름에 가려 잘 보이지 않으면 눈이 온다는 걸 의미하니까. 오늘은 적당한 것 같군. 어때? 한번 붙어볼까?"

"당신은, 혹시 에밀리오 딜레이가 아닌가요?"

기태는 이것이 꿈이라는 것을 알면서도 차라리 잠에서 깨지 않기를 바랐다. 너무나 생생했고 그에게 묻고 싶은 것이 너무나 많았다. 그의 모습은 전형적인 알프스의 가이드 차림이었고 곱슬머리에다가 두 눈은 움푹 들어가 있었지만, 눈빛만은 야릇하게 빛나 보였다. 언뜻 가스통 레뷔파와 닮았다고 그는 생각했다.

"나는 나 자신을 소개할 수가 없네. 그리고 내가 하는 이야기는 내 생각이 아니라 네가 생각하는 걸 대신 떠드는 것에 불과해. 말이 필요 없잖아? 내가 고심하던 오버행에 직접 붙어보는 게 더 좋겠지."

그 말이 떨어지자 어느새 그들은 현란한 오버행의 끄트머리에 붙어 있었다. 고도감이 기태를 어지럽게 만들었고 마음은 더욱 주눅이 들었다.

"왜 작은 인공암장에만 매달리지? 난 이 북벽도 양에 차지 않는데."

그가 하켄 하나를 때려 박고 거친 목소리로 악을 쓰듯 외쳤다. 그러나 기태는 자신이 답을 할 때가 아니라 뭔가를 물어야 할 때라는 것을 깨닫고 그와 같이 큰소리로 되물었다.

"당신은 자살한 게 아닌가요?"

"자살? 그래. 그랬지. 날 이길 수가 없었어. 애당초 이 벽을 초등하겠다는 욕심은 없었다. 그저 나 자신의 벽을 넘고 싶었을 뿐이었지. 하지만 방법도 없었다. 네게는 5.13이 그 방법이었니? 그 너머에는? 난 두려웠다. 이 북벽을 초등하고 나서도 내가 넘어야 할 벽이 너무도 많다는 생각에서 스스로를 풀어주고 싶었다. 난 한계를 이기지 못한 거야. 아니 이기고 싶지 않았다. 이길 아무런 이유도 없었으니까. 이 암벽에 더 이상 매달리고 싶지 않았던 거야!"

'이 암벽에 더 이상 매달리고 싶지 않았던 거야.'

그 말은 이미 에밀리오 딜레이가 하는 말이 아니었다. 기태 자신이 하고 있었다.

'이건 꿈인데, 차라리 깨어났으면. 내가 원하던 답은 이게 아닌

데.'

하지만 잠이 깨지 않았다. 어디선가 폭풍이 밀려와 거대한 소용돌이를 만들었다. 기태는 처음으로 두려움을 느꼈다.

C-5.

기태에게.

확실히 에밀리오 딜레이의 이야기는 묘한 흥미를 주는 것 같다. 최근에 출간된 한스 그란트의 회고록에 의하면 그의 죽음이 자살이라고 밝혔으며 아이러니칼하게도 그들이 시도했던 치마 그란데의 직등루트는 지금까지 아무도 등정하지 않았다는 거야. 그들이 그 등반을 마쳤다면 당대에 엄청난 명성을 누렸겠지. 궁금할 것 같아 FAX로 먼저 소식 보내고 귀국하는 길에 한스 그란트의 회고록을 가지고 들어가겠네. 그럼 이만. 1996.9.25 박 준수.

BC-3.

"어떻게 된 거야?"

"기태야. 이제야 문제의 핵심을 알아냈는데 일이 꼬였어."

영식의 다급한 연락을 받고 그의 이야기를 들으니 기태는 자기 일인 양 가슴이 답답했다. 지원을 약속하고 자금을 대던 고향 선배가 결국 부도를 내고 종적을 감추었고 채권자들이 어떻게 알았는지 영식의 작업장에 와서 고가의 장비를 압류한다며 법석을 떨었다는 것이다.

"그 선배 그렇게 안 봤는데 너무 무책임한 거 아니야?"

"기태야. 선배 잘못만은 아니야. 나야 프리랜서 연구직이니까 기술도급을 받아 계약만큼만 일하면 되지만 사업체를 꾸린다는 게 쉬운 일은 아니잖아. 실은 지금 내가 하는 일도 이 프로젝트로 정부기술지원금을 신청할 생각이었는데 내 작업이 너무 늦어 이렇게 된 것 같아."

"그렇다고 네 잘못만은 아니니까 너무 마음 쓰지마. 그러면 이제 연구는 끝장난 거야?"

"아니, 난 포기하지 않을 거야. 이 일은 돈 때문에 시작한 게 아니니까. 이건 순전히 나 자신과의 싸움이었어. 아직 난제가 남아 있지만 그 한계를 극복할 거야."

기태는 결연한 표정을 지으며 자신의 의지를 불태우는 한 인간의 모습이 이런 것이라는 강한 인상을 영식에게서 느꼈다. 그리고 갑자기 자신에게 주어진 문제가 이제는 피할 수 없는 것임을 아울러 깨달았다. 영식은 잘 해낼 것이다. 첨단의 과학을 자랑하는 전자 분야나 인간의 능력에 좌우되는 등반의 세계나, 한계가 있기는 마찬가지라는 생각이 들었고 더 시간이 흐르기 전에 자신은 5.13을 넘어야 했다. 기태는 오히려 위기에 처한 영식의 처신을 보고 비로소 자신감이 차오르는 것을 느끼며 자신도 모르게 혼잣말을 하였다.

'더 이상의 회의가 오기 전에 자신의 한계를 넘어야 한다…'

A-5.

이제는 마모되어 더 버틸 수 없는 영혼이여.

끝내 채워지지 않는 삶의 고애(孤哀)로운 공복(空腹)이

언제까지나 나를 따라다닐 것인지.

칠흑같이 어두운 긴 터널에 갇혀

빛이 지향하는 하나의 점을 향했지만

그것은 출구가 아니라

다만 인간을 현혹시키는 부질없는 보석의 빛남일 뿐,

이제는 유예된 선고가 집행될

가장 고독한 날을 기다릴 뿐이다.

　　　　　- 에밀리오 딜레이가 유서로 남긴 마지막 글 중에서

C-6.

기태는 정신을 집중할 수가 없다. 지금은 공인된 5.13의 인공암벽을 오르는 만큼 정신을 집중하지 않으면 안 된다. 물론 온사이트 방식은 아니지만, 자신의 기량을 비공식적으로나마 몇 사람에게 확인받기 위해 특별히 이날을 기다려 온 것이다. 그리고 곧 출전할 인

▲ 히말라야 운해 전경

공암벽대회에 대한 최종 점검의 의미도 있다. 컨디션은 좋았다. 그리고 모두 그를 우승 후보로 생각하고 격려하고 있었다. 그런데 기태에게는 켕기는 무언가가 그의 발목을 잡는 듯하였다. 물론 이 코스를 완등하는 것과, 우승하는 것과, 5.13의 실력을 인정받는 것과는 아무런 연관이 없다. 그러나 그는 집착을 떨칠 수 없었고 그럴수록 최근에 일어난 몇 가지 일들이 그를 혼란에 빠트렸다. 그리고 얼마 전 박 선배와 함께 나눈 이야기들이 순서 없이 그의 머리에서 떠올랐다.

"선배님, 히말라야는 어땠어요?"

"광활한 땅이야. 인간이 범접하기 힘든 척박한 오지와 탁하기 그

지없는 인더스강. 그래, 어설픈 생명은 절대 용납하지 않는, 오히려 신성한 땅이라고 해야지."

등반이 시작되었다.

먼저 심호흡을 깊이 하는 것이 그의 버릇이다. 다음은 초크를 바르며 코스를 올려보고 스미어링을 한 뒤 가뿐히 몸을 벽에 붙였다. 높이는 12m. 등반시간은 길어야 수분에 불과할 것이다. 등반이 하나의 예술이 되기 위해서, 유연한 동작을 제한된 공간에서 자연스럽게 구사하기 위해서, 클라이머는 얼마나 많은 땀을 쏟아야 하는가. 중력이라는 신(神)이 인간에게 내린 벗을 수 없는 짐을 거역하기 위해서, 또한 등반가는 얼마나 자신을 끊임없이 버려야 하는지를 그는 늘 실감하고 있었다. 첫 번째 퀵드로우에 자일을 걸었다. 이번에는 역동작을 써야 한다. 그런 와중에 자꾸만 잡생각이 끼어든다.

"어떻게 그렇게 자주 해외원정엘 나갈 수 있죠? 돈도 시간도 없는데."

"처음엔 결단이 필요해. 앞뒤를 따지면 나갈 수가 없지. 그런데 한번 나가면 다음은 쉬워져. 그리고 안 나갈 수가 없어. 마치 마약 같다고나 할까?"

잠시 망설여졌다. 풋홀드의 크기로 봐서 오른발을 아웃사이드 엣징으로 딛고 더 과감한 동작을 구사해야 한다. 엉덩이를 벽에 최대한 붙이고 왼손을 슬며시 다음 홀드로.

"기태, 요즘은 인공암장에 맛 들였다며? 산은 넓은데 너무 축소지향 하는 거 아니야? 요즘 애들은 알피니스트는 없고 죄다 스포츠 클라이밍에 너무 에너지를 쓰는 것 같아."

"하지만 전문적인 기량을 평가받고 싶어서 그래요. 아직 나이가 있으니까, 좀 더 이 방면에서 실력을 인정받고 싶어요."

이제 크럭스다. 연습하는 기분으로 긴장을 풀어야 넘어갈 수 있다. 다시 초크를 바르고 마음을 비워야 하는데….

"그저 산을 통해 나를 인정받고 싶었다고나 할까? 산이 교만의 도구였는지도 몰라."

크럭스를 통과했다. 밑에서 보는 이들의 간헐적인 박수 소리와 탄성이 터져 나왔다. 얼마 남지 않았다는 뜻인데, 왼팔에서 서서히 펌핑이 오는 걸 느끼기 시작했다. 조금 더. 이제 얼마 후면 5.13을 해낼 수 있다는 확신이 그를 고무하고 있었다.

"내게는 그저 나 자신의 벽을 넘고 싶었을 뿐이었지. 네게는 5.13이 그 방법이었니? 그 너머에는?"

눈앞에 마지막 퀵드로우가 그를 기다리고 있다.

밸런스가 다소 불안했지만, 손을 뻗어 잡으면 이제 끝날 판이다. 그때 기태는 생각하지 말아야 할 것들이 머리에 너무 가득 차 있다는 것을 버겁게 느끼며 잠시 망설였다. 1초도 채 안 되는 시간을.

"5.13 그 너머에는 무엇이 있을까? 벌써 5.14가 버티고 있고, 그

리고 5.15가 생길 것이고 또 더 높은 그레이드가 기다릴 것인데….'

그건 한계에 대한 도전이기도 했지만 아울러 끝없는 인간의 욕망을 대변하는 것이기도 했다. 그리고 그것이 적어도 자신에게는 교만의 도구로 전락하는 것을 의미한다는 걸 그는 어렵지만, 인정하지 않을 수 없었다.

완등 직전 그가 슬며시 손을 놓고 떨어진 것을 아는 사람은 아무도 없었다. 더욱이 그나마 최고의 기량과 컨디션을 보인 기태가 대회마저 불참하겠다고 했을 때, 그것을 이해하는 이는 더욱 없었다. 다만 박 선배가 귀국했고 기태는 그를 만나야 했다. 5.13에서 그는 실패했다. 그러나 미완의 혹독한 과정이 완성의 교만한 안주보다 더 가치 있다는 것을 실제로 체험하지 않고는 알 수 없다. 그것을 비로소 기태는 깨달았다.

그리고 그에게 필요한 것. 그것은 생명 본연의 가치를 실증하는 새로운 길을 택하는 것이라는 것을 또한 아울러 알게 되었다. 영식은 잘하겠지. 여전히 자기 자신이 문제이다. 기태는 박 선배가 속달로 부쳐준 가셔브룸 4봉 북서벽 등반대 신청서를 다시 펴보며 자신이 있을 곳이 이제는 눈앞을 막아선 작은 인공암장이 아닌 섣부른 생명을 결코 용납하지 않을 웅장한 히말라야임을 새삼 느꼈다.

그는 이제 클라이머이기보다는 진정한 알피니스트로 다시 태어나고 있었다.

* 이 작품에 나오는 에밀리오 딜레이는 실존 인물이 아니며 필요에 의해 창작된 인물임을 밝힙니다.

* 1996년 월간 ≪사람과 산≫ 제7회 한국산악문학상 수상작.

애상가(哀傷歌)

애상가(哀傷歌)

　항상 다니는 길이 아니면서도 낯설게 느껴지지 않는 것은 누군가를 생각하며 이 길을 걷는 까닭인가요? 오늘따라 유난히 화창한 햇살이 저만을 비추는 것처럼 따갑습니다. 가야 할 길이 힘들다고 생각하면 햇볕이 귀찮기만 한데 어디로 가든 그것을 피할 곳이 없는 건 바로 당신의 사랑이 그러했기 때문인지 몰라요. 저는 길가의 흔한 상점을 골라 평상에 잠시 앉아 숨을 돌립니다. 이곳도 예전에 당신과 함께했던 곳인지 친밀한 느낌이 밀려오며 그간의 세월이 참으로 아름다웠다는 걸 되새깁니다.

　그때는 얼마나 우리가 순수했는지. 서로에 대해서 의심 없이 사랑이라는 이름으로 심취되었기에 제게는 아무런 후회가 없는 시절이었습니다. 그렇지만 당신의 얼굴에서 감추지 못했던 근심에 찬 그늘이 있었던 것을 이제야 벅차게 기억하곤 합니다.

　그래서 저는 어려웠어요. 당신이 그토록 사랑했던 일. 당신의 신넘이 언젠가는 제게 견디지 못할 슬픔을 가져다줄 것이라는 걸 알았기에 차마 모든 걸 수용하지 못했던 그 나날의 어려움을 그대는 아시는지. 오늘은 그것을 다 이야기하기엔 날씨가 너무도 화창하군요. 이런 날엔 공연히 마음이 들뜨기에 지난날 잊었던 생각들로 모처럼 나선 이 길을 더욱 심란하게 만듭니다.

처음 우리가 만난 날을 기억하는지요. 저는 당신의 당돌함에 얼마나 놀랐는지. 그때 김 선배님이 나서서 우리의 자리를 만들어 주지 않았다면 서로는 모르는 사람으로 지나쳤겠지요. 하지만 나는 한동안 당신들을 이해할 수 없었어요. 상식적으로는 도저히 제대로 된 사람들이라는 생각이 들지 않을 만큼 당신들은 멋대로였고 직설적이었으니까.

그 호방함. 자유분방하고 막힘이 없던 행실들이 저를 한없이 놀라게 했지만 지금 생각해 보면 사실 그렇게 나쁘지만은 않았어요. 다만 충격이랄까? 요즘 세상에 이런 사람들도 살고 있구나 싶은 신선한 자각(自覺)에 신기하다고까지 생각했죠. 바로 진짜 산사람들을 만났던 겁니다. 그 이후로 저의 삶에는 참으로 많은 변화가 있었어요.

길옆에는 야트막한 계곡이 저만의 공간을 지닌 채 물길의 흐름을 차분하게 만들어 잠시 흩어졌던 저의 마음을 가다듬게 해줍니다. 이제 조금만 더 가면 당신의 발길이 늘 머물렀던 북한산(北漢山)을 오르게 됩니다. 오르막이라 좀 숨이 차오르는군요. 땀에 젖은 머리카락을 손으로 쓸어 올려 봅니다. 고개를 들어 눈부신 햇살에 눈을 가늘게 뜨고 보니 산란한 빛이 무지개 같은 영롱한 색으로 분해되는군요. 나뭇잎들은 새로 빨아낸 듯한 신록의 순연한 빛깔을 뽐내며, 어딘가에 우리가 모르는 포근한 처소가 있다고 말해 주는 것 같아요. 다소 힘들긴 해도 계속 걷겠어요. 함께 따라오던 계곡은 점점 작아져, 제가 가는 길과 멀어지는군요. 이제는 물소리도 들리지 않습니다.

문득 당신이 제게 입버릇처럼 이야기하던 말이 떠오릅니다. 땅을 맨발로 디뎌본 게 얼마나 되었냐고. 그래요. 처음부터 저는 그 질문에 곤혹스러워했었죠. 손으로 꼽기에도 기억할 수 없었던 오랜 경험. 학교를 졸업하고 나서 운동장을 떠난 뒤, 정말 저는 땅을 직접 디뎌 본 일이 거의 없었어요. 제가 사는 공간은 모두 시멘트나 아스팔트로 포장된 거리만 존재할 뿐, 따로 도시를 벗어나 본적이 오래되었으니까. 그래서 답을 못하고 머뭇거릴 때면 당신은 개구쟁이 같은 짓궂은 표정으로 제가 무안하리만큼 빤히 쳐다보곤 했었죠.

'그래 뭐랬어. 산에라도 좀 다니라니까.' 그 말. 그 말이 당신의 입언저리에 늘 붙어 다니는 말이었어요. 산에 좀 다니라고. 그래야 신발을 신은 채라도 흙을 밟을 게 아니겠냐고.

하지만 정작 당신이 산을 조금씩만 다녔다면 얼마나 좋았을까?

주말이면 홀연히 배낭을 메고 사라졌다가 월요일 저녁 시간이면 어김없이 전화하여 막무가내로 나오라고 하던 당신. 그래서 저는 월요일 저녁은 늘 시간을 비워 놔야 했지요. 학교 앞 카페에서 기다린다며 언제 왔는지 모르게 한쪽 구석의 테이블을 차지하고 노트와 펜을 가지고 저를 기다리던 당신의 모습. 당신은 그렇게 비는 시간이면 글을 쓰곤 했지요. 제가 뭐냐고 물어보면 산행기(山行記)를 정리한다고 하셨고 깨알만 한 글씨로 가득 메운 작고 낡은 노트는 그렇게 늘 당신을 따라다닌 또 하나의 그림자였지요.

'진정한 등반가의 완성은 산에서의 죽음이다.' '산행이 주는 즐거움과 환희는 무엇과도 바꿀 수 없는 것.' '나는 등반가로서 거듭나고 싶다. 그러나 진짜 등반가가 되려면 적어도 3번 정도는 죽을 고비를 넘긴 이력이 있어야겠지. 아니면 그 3번의 위기를 다 이겨내기 전에 죽던가…' 제가 언젠가 당신 몰래 들춰보고 기억해 둔 문장들. 그건 적어도 단순한 산행기는 아니었어요. 당신의 내면에서 솟아나 갈구해 왔던 산에 대한 연서(戀書)라 해야 할 정도로 그것은 저를 섬뜩하게 만들었으니까.

그렇게 산을 좋아하던 사람. 스스로는 산에 미쳤다는 말을 들어야 신이 난다고 말했던 당신은 누구보다도 순수했어요. 투명한 눈동자. 검게 그을은 얼굴빛. 강인하고 때로 결연해 보일 정도로 신념에 차 보였던 표정. 단호하지만 애정이 깊이 밴 말투. 언젠가 저는

'당신의 여자'라는 표현으로 사랑에 대한 어려운 심정을 토로했었죠. 하지만 오히려 부담스러운 눈빛으로 저를 애써 피하며 자신은 '산의 남자'라고 말했을 때. 그때 사그라져 가는 가슴을 부여안고 저는 당신과 이별을 해야 했는지 몰라요. 물론 그러지 못한 것을 지금 와서 후회하는 것은 아니지만, 결국 매몰차리만큼 산에 대한 집착이 강했던 당신을 사랑하기엔 제가 너무 나약한 존재였다는 걸 잘 알고 있었습니다.

잠시 벤치에 앉아 봅니다. 사위는 정적에 묻혀 버린 듯 움직임이 없어 보이지만 때로 스쳐 가는 바람이 나뭇가지를 흔들어 서걱거리는 소리를 들려줘 이 모든 게 사진이 아닌 실물이라는 걸 일깨워 주는군요. 고개를 떨굽니다. 어쩔 수 없었다고. 저 자신을 위해 당신에게서 차마 떠나지 못한 것보다 당신이 저를 원한다는 사실에 미처 버리지 못한 미련. 그게 두려운 것이었지요. 사람을 어리석게 만드는 일. 언제나 눈물이 앞서기에 진실을 바로 바라볼 수 없었던 저의 심약함이 때로는 미웠지만 지금은 너무도 담담하여 마음은 한없이 평화롭습니다.

'나 히말라야에 갈 거야.' 마치 놀이동산에 갈 어린 철부지처럼 당신은 어느 날 흥분을 감추지 못하고 제게 달려와 만났지요. 그곳의 위험을 익히 듣던 저로서는 숨이 막힐 듯 놀랐어요. 히말라야. 그곳은 당신이 놀기에 너무나 위험한 놀이터에요. 그곳은 하얀 원시의

▲ 메라피크 북벽

열정으로 사람을 눈멀게 만드는 곳이라면서. 네팔은 당신이 범접하기에는 너무도 벅찬 신(神)들의 나라라고 당신이 말하지 않았던가요? 하지만 막무가내였던 당신은 결국 배낭을 꾸리고 커다란 체구에 걸맞지 않게 너무도 가벼운 발걸음으로 공항의 트랩을 빠져나갔지요.

'혹 다시 못 돌아온다면….' 수더분하기만 하고 격이 없던 당신도 차마 그 말만큼은 끝을 맺지 못하고 떠나셨더군요. 그렇게 모질지도 못하면서 어떻게 그런 험한 곳으로 자신의 몸을 던질 수 있는지.

낭가 파르밧 해발 8,126m. 원주민 말로 '벌거벗은 산'이라는 뜻을 지녔다고 했죠. 카라코람 히말라야 산군에서도 난봉(難峰)으로 꼽힌다는 산. 그곳으로 당신을 보내고 공항에서 돌아오는 길에 저는 얼마나 많이 울었는지 몰라요. 독일의 등반가 하인리히 하러가 그 산에서 실종되어 티벳에서 7년을 살다 돌아온 이야기도 생각나고, 잘못하여 그 차디찬 빙하에 갇힌 채 수백 년이고 수천 년이고 육신이 썩지 않은 채 누워있을 당신을 상상하니 두렵기까지 했습니다.

하필 수없이 많은 남자 중에서 왜 당신을 사랑하게 되었을까. 그렇게 기다리는 시간에는 자신이 하염없이 원망스럽기만 했었지요. 하지만 3개월 뒤에 멀쩡하게 살아 돌아왔을 땐 얼마나 얄미워 보였는지. 그때 당신 앞에서 철없이 앙탈을 부린 건 진실이 아니었어요. 너무나 기뻐 자제력을 잃을까 봐 그래 본 것뿐이었죠.

그러나 그때 당신의 표정은 어두웠습니다. 등정에 실패했던 것이죠. 그것이 모두 자신의 책임이라는 자괴감 어린 말투로 말하고 연신 술만 마셨습니다. 그날 괴로워하는 당신 모습이 왜 그렇게 애처로워 보였는지. 팔에 가벼운 부상을 당했다며, 씁쓸해하는 모습은 상처 입은 맹수의 모습이었습니다. 하지만 취기가 돌아 어느 정도 긴장이 풀렸을 때는 또다시 눈빛에 광채가 돌았지요.

'히말라야는 정말 굉장한 세계야. 그 황량한 곳에서 1년만 홀로 산다면 누구나 도인(道人)이 될 것 같은데. 해발 4천 5백 미터 이상에 오르니 장관이더군. 구름의 바다. 운해. 그래, 그건 또 다른 은빛의 신비로운 바다였지. 태고의 생명이 잉태된 꿈의 바다. 바다의 꿈…. 오래전에는 히말라야 산군들이 바다 밑바닥이었다는 걸 알아?

융기한 거지. 그때를, 수백만 년, 수억 년 이전의 꿈을 그 고도(高度)에서 실연(實演)하고 있었던 거야.' 눈을 뜬 채로 꿈을 꾸듯이 몽롱한 눈빛으로 무언가에 홀린 듯 이야기하는 당신의 모습은 이미 그때부터 범상스러운 사람의 모습이 아니었어요. 그리고 한동안 히말라야에 관한 이야기에 정신이 없었지요.

저는 어느덧 도선사(道善寺) 주차장에 이르렀어요. 가운데 놓인 석상의 부처님은 자비로운 미소를 지으신 채 아무 말씀이 없군요. 평일이라 이곳도 한가하기 이를 데 없고 저는 주머니에서 준비해온 지폐를 꺼내 불상 앞에 놓인 시주함에 넣습니다. 그리고 향이 지펴진 제단 앞에서 합장하고 가벼운 묵례를 올립니다. 지금은 빌어 볼 소원도 없는데…. 한때 당신이 다치지 않기를 간절히 소원하고 또 소원할 때는 어떤 종교든지 제게는 절실했지만, 막상 지금은 그런 감흥도 사라지고 다만 차분한 마음으로 자신을 관망하듯 신자들의 가벼운 몸짓을 흉내 내 보는 것뿐입니다.

그리고 고개 너머로 머리만 언 듯 보이는 인수봉(仁壽峰). 당신은 그곳을 요람과 같다고 말하며 유년 시절부터 줄곧 그곳에 다닌 것을 신물 나게 떠들곤 했었죠. 저기가 당신에게는 마음의 고향과 같은 곳이라고, 그래서 단 한 주말(週末)만 걸러도 답답해서 못 견디겠다고 말하던 것이 생각나는군요. 그렇게 언제까지 한 가지에 매달려 영원히 변하지 않을 것만 같았던 당신. 그것이 산(山)같은 이

미지로 저에게 굳혀졌지만 강산도 십 년이면 변한다는 말이 한편 현실이 되는 걸 경험했습니다.

그래요. 그날도 오늘처럼 화창했었죠. 푸르른 오월의 신록이 대지를 풍만하게 점유한 채 생명이 파릇하게 돋아나는 것을 그냥 방안에 앉아 있어도 느낄 것 같은, 만발한 아카시아의 군락이 잔물결처럼 너울거리며 향기를 마음껏 품어, 그저 실내에 있기에는 억울하다는 생각이 들던 날. 그날 저는 여느 때처럼 원고를 정리하며 집에서 헤이즐라 커피의 그윽한 향을 음미하며 바그너의 음악을 듣고 있었어요. 탄호이저였던가. 막 웅장한 관현악이 감정을 고조시킬 즈음 느닷없이 심상치 않은 전화벨이 감흥을 깨뜨렸죠. 묘한 예감에 사로잡혀 있던 탓일까? 떨리는 마음으로 수화기를 들며 오디오의 볼륨을 낮추었는데, 그랬는데. 그건 비보(悲報)였어요. 듣지 말아야 할, 맨정신으로는 들을 수 없는 소식. 히말라야에서도 설악산 울산암에서도, 그리고 그보다 더 험하고 위험했던 곳에서도 비록 거친 상처를 붙들어 매고 나타나서는 아무렇지도 않다는 표정으로 웃곤 하던 당신. 스스로는 지옥에서도 살아올 거라고 호탕하게 웃으며 큰 등반에 나설 때면 애써 저를 안심시키던 당신이 이제는 돌아올 수 없다니. 갑자기 바그너의 음악이 잡음처럼 일그러졌고 저도 모르게 새어 나온 흐느낌에 줄어든 탄호이저의 선율은 장송곡으로 바뀌어 버렸지요. 그날 이후 저는 그렇게 즐겨 듣던 바그너의 음악을 다시는 듣지 않게 되었습니다.

당신은 그렇게 떠났어요. 아무런 말 없이, 단 한 줄의 유서조차 남기지 못하고 그토록 사랑하고 연모하던 하얀 바위에서 낙엽처럼, 그래요. 나뭇잎처럼 유유히 떨어졌다고, 너무 한순간의 일이었지만 그 장면이 자신에게는 슬로비디오처럼 천천히, 아주 긴 시간을 떨어져 내렸다고 당신이 사랑하던 허 후배님이 나중에 일러주더군요. 그러면서 그도 마저 말을 잇지 못하겠다는 듯 고개를 돌리고 말았지요. 저는 한동안 홀로 있는 방안에서 밀려드는 공포를 먼저 느꼈어요. 당신의 시신이 옮겨졌다는 병원으로 달려가야 하는데 발은 왜 그렇게 후들거리고 온몸의 힘은 방바닥으로 꺼져 갔는지….

그리곤 미친 사람처럼 중얼거렸다죠. '이건 사실이 아닐 거야. 그들이 장난을 치는 건지 몰라. 믿을 수 없어. 어떻게 이런 일이 사실로 일어날 수 있냔 말이야. 누가 그냥 꿈이라고 말해 줘. 아주 지독한 악몽이라고. 그래서 깨어나면 다시 그를 산으로 보내지 않으면 돼. 아, 누군가 이 지독한 꿈에서 제발 나를 깨워 줘!' 언니가 저의 외마디소리를 듣고 달려왔기에 정신을 잃은 저는 병원으로 실려 갈 수밖에 없었어요. 제 인생에서 가장 아름다운 날을 안겨 주셨으면서 또한 가장 견디기 힘든 고통을 주신 분. 하지만 신(神)은 사람에게 이길 수 있는 고통만을 주신다고 했던가요? 그래서 지금은 괜찮아요. 아무렇지도 않다고 말할 수는 없지만 이렇게 당신의 잠든 곳을 향해 걸어갈 수는 있으니까.

이제 고갯마루에 거의 이르렀습니다. 하루재. 하지만 당신은 이곳이 늘 바람이 끊이지 않는다는 이유로 '바람 고개'라고 불렀지요. 이곳에 이르러서야 인수봉의 전면이 시야를 채우고 비로소 그 바위의 위용에 사람들은 압도당하고 말죠. 해발 806m. 단독 화강암으로는 국내에서 제일 크다는 암봉(岩峰). 그 봉우리를 오르겠다고 얼마나 많은 젊은이가 자신의 청춘을 불태우고, 그러다 얼마나 많은 넋이 저곳에서 마멸되었는지.

당신처럼. 죽기에는 너무나 안타까운 사연을 안고 때로 속인(俗人)들에게는 '미친놈'이라고 매도되면서. 그래요. 당신들은 그렇게 낙엽처럼 사라져 갔겠죠. 그 옆에는 인수봉보다는 거칠어 보이지 않지만 조금 더 넉넉해 보이는 백운대(白雲臺)가 더욱 중후한 자태를 뽐내고 있어요. 한때 조선 시대에서는 용맹을 시험하기 위해 건너뛰던 뜀바위가 있었다고 했죠. 그리고 왼편으로는 가름한 스카이 라인을 연출하는 날렵한 봉우리인 만경대(萬景臺)가 마무리하듯 자신도 빠질세라 위용을 과시하고, 그렇게 세 봉우리를 함께 일컬어 이곳 북한산의 한때 이름이 삼각산(三角山)이라 불렀다고 했죠.

'가노라. 삼각산아. 다시 보자 한강수야….' 당신은 그렇게 타령조로 유명한 김상헌의 시조를 한바탕 흐드러지게 읊곤 했는데, 솔직히 지금 와서 말씀드리자면 그건 너무 청승맞고 촌스러웠어요. 그때마다 저는 터져 나오려는 웃음을 참느라 힘들었는데 당신은 그게 제가 좋아서 그러는 줄 알고 술기운에 목소리를 한껏 키웠던 일. 저 산봉들을 보니 그때의 일이 더욱 애절하게 떠오르는군요. 그래서 그런지 그렇게나 어설펐던 시조 낭송이 다시 듣고 싶은 것은 왜일까요?

그렇게 고즈넉하게만 보이는 산군(山群)의 모습이 자못 평화스럽습니다. 바람이 다시 땀에 젖은 제 몸을 시원하게 만들고 상쾌한 호흡이 머릿속을 맑게 만듭니다. 정말 바람은 끊이지를 않습니다. 얼마나 오랜 세월 동안 바람은 이곳을 지배하고 있었을까요? 아무도 없는 적막한 고갯마루에서 자신이 가야 할 처소를 향해 정처 없이 산 위에서 계곡으로, 아니 그보다는 도시를 향한 어떤 메시지를 바람은 간직하고 있었던 것은 아닌지?

저는 결코 들을 수 없는 답을 위한 헛된 생각에 스스로 어리석다고 여기며 자리를 털고 일어납니다. 눈앞에는 윤기 있는 검은 털을 지닌 청설모가 덥수룩한 꼬리를 치켜세우고 이상하다는 눈빛으로 고개를 갸우뚱거리며 저를 쳐다보고 있어요. 그 모습이 어쩐지 저를 처음 쳐다보던 당신의 모습처럼 느껴지니 웃음보다는 슬픈 감정이 다시금 솟아오르는군요.

그때 어설프게 취기가 올라 버스 정거장에서 김 선배님과 뭔가를 가지고 언쟁을 벌이시던 당신은 겨울이라 등산복과 동계등산화를 갖추었고 묵직하고 둔한 플라스틱 등산화로 제 약한 하이힐을 자신도 모르게 밟았었죠. 그 통증에 비명을 지르자 처음엔 자신의 실수인 줄도 모르고 저를 한참 쳐다보고만 계셨던 거죠. 나중에 당신은 신발에서 감각을 못 느껴 웬 미친 여자가 자신에게 시비를 거는 줄 알고 오히려 놀랐다고 했는데, 그때 곁에서 지켜보던 김 선배님이 사실을 말해 주어 우리의 인연이 연결되었던 거예요. 술기운에도 그 사실을 안 당신은 괜찮다는 제 말에 마다치 않고 저녁을 사주었고 그 뒤로도 얼마나 저를 끔찍이 위해 주셨는지. 그때도 당신들은 해외 등반을 가냐 마느냐로 다투었다고 하니 당신들에게는 오직 산에 대한 것만이 절대적이었던 것을 저는 너무나 늦게 알게 된 셈이었죠.

이제는 청설모도 어디론가 민첩한 동작으로 사라지고 없습니다. 그가 사라진 숲속에는 참으로 많은 생명이 존재하겠지만 늘 산에 매달리며 살아온 당신이 이곳에 없는 이상, 저에게는 이 산이 무언가를 빼먹고 있다는 생각을 지울 수가 없군요.

하지만 산이 때로 인간에게 깊은 명상을 안겨 준다고 했던 당신의 말은 맞아요. 산을 미워할 수가 없죠. 산이 당신을 빼앗아 간 게 아니라 당신이 산에서 잠들기를 원했던 것이니까. 당신의 악우(岳友)는 아니지만 저는 당신을 그렇게 이해합니다. 짧은 시간이었지만 정말로 저는 당신을 사랑했으니까. 그래서 저는 버텨 낼 수 있었어요.

'세상이 싫어진 자가 산행에 나선다. 처음에 그는 마음이 가라앉는 조용한 골짜기를 지나고 시간을 초월한 고산의 세계를 대하자 자기가 얼마나 하잘것없는 존재인가를 깨닫는다. 모진 바람과 부딪칠 때 그는 기쁨을 알게 되고 죽지 않으려고 얼마나 많은 체력과 정신력을 쏟아야 하는가를 체험하고 놀라리라. 스포츠 알피니스트는 정신면에서 자살자와 가장 거리가 멀다.'

언젠가 당신이 제게 준 빌헬름 비토로프의 책에 실린 글이죠. 글을 읽으며 등반가들의 마음가짐을 조금은 알 것 같았습니다.

저는 이제 오른편에 있는 영봉(靈峰)으로 향합니다. 등반가의 넋을 기리기 위해 세운 비석이 너무도 많아 뒤늦게 붙여진 이름. 그것을 실감할 만한 비석과 동판(銅版)들이 오르는 길 양편으로 하나씩 나타나기 시작합니다. 어떤 것에는 시든 꽃이 꽂혀 있고 또 어떤 것에는 타다 만 향이 꽂혀 있기도 한데…. 저들도 저와 같은 사연을 지닌 이들을 남기고 당신과 거의 진배없는 삶을 살다가 떠났겠죠. 저마다의 묘비에는 살아남은 자들이 새긴 애처로운 글귀가 있습니다. 잠시 걸음을 멈추고 하나씩 읽어보며, 저는 또다시 가슴 한편에서 저며오는 아픔을 함께 읽습니다. 그들의 심정을 너무나 이해한다고나 할까요?

하지만 이젠 그 느낌을 이겨낼 마음의 여유는 찾았습니다. 그래서 눈물을 떨구지는 않습니다. 하나씩 발걸음을 멈추고 읽으며 마음을 가라앉혀 봅니다. 당신의 묘비는 거의 정상 가까이에 있어 오르기 힘들기도 하지만, 그 앞에 서기 전에 마음의 준비를 마쳐야 하니까요.

다시금 더위를 느껴 재킷을 벗어 허리에 둘러 묶었습니다. 이제 얼마 남지 않았는지 거친 바위 너머로 공제선(空際線)이 보이는군요. 당신은 오르막길에서 하늘이 보이면, 정상이 얼마 남지 않은 것이라 했지요. 남달리 욕심도 많아 뭐든 쉽게 포기하지 않았던 당신. 그중에 어쩌다 저까지 포함된 것인지. 저같이 흔한 여자에게서 당신은 무엇을 느꼈을까? 변변치 않은 대학을 나와 고작 학보사의 편집 일이나, 심부름하는 여자. 그런 제게 무엇이 아쉬워 당신은 쉬 떠나지 않으셨나요. 그저 마땅한 남자를 사귀지 못해 당신이 전부라 생각한 것뿐인데, 당신은 저를 극진히 대했지요.

'산이 아니라면 당신의 곁에서 늘 머물 텐데. 정말 산이 미워지는 때도 있어.'

당신은 늘 그런 식이었죠. 미소년처럼 발그레한 얼굴빛으로 부끄러워해야, 마음속에 있는 진실을 아주 조금 털어놓는 당신. 그것이 강인한 것 같으면서도 제게 연민의 정을 심어 주던 매력 중의 하나였어요. 평일에는 기사 시험을 준비하며 어학이 부족하다고 분주하던 모습이 눈에 선하군요. 자신의 전공인 건축 설계 1급 기사 자격증과 아울러 대기업 공채시험을 두고 어느 쪽을 우선할까 고심하던 모습도 그렇고요. 어느 하나 손에 쥔 것을 놓칠 수 없었던 당신이 결국 손에 쥔 건 뭐였나요?

'아마도 고통 없이 한순간에 절명했을 겁니다.'

김 선배님, 고작 그것이 절 위로하는 말이었던가요? 하긴 크레바스에 빠지거나, 눈사태에 갇혀 고통스럽게 죽어 가는 걸 당신들은 가장 두려워한다고 하였죠. 그러니까 김 선배님의 말씀은, 그렇게 죽은 것도 행운이라는 뜻이라는 걸 모르는 바는 아니에요.

하루에도 대한민국에서는 평균 삼십여 명씩 교통사고로 죽어 간다, 그런데 자기가 좋아하는 걸 하다 죽은 사람은 얼마나 행복하냐. 김 선배님은 그의 사십구재를 지내고 내려와 술자리에서 심하게 취해 그렇게 떠든 것을 기억해요. 전 순간 그 말이 얼마나 야속하던지, 곁에서 제 어깨를 지긋이 잡아준 허 후배님의 제지에 무슨 억지를 부리려다 참아야 했지요. 하지만 나중에 술자리가 끝나고 난 뒤 가게 뒤편에 주저앉아 한없이 목놓아 울고 있던 김 선배님을 보고 그 말이 자신을 향한 위로하는 말이었다는 걸 알았어요.

맞아요. 저보다 오히려 오랜 세월 산에서 고락을 함께하여 형제나 진배없는 당신들이 더 견디기 어려웠겠죠. 그 애절한 마지막을 뻔히 알면서도 결국 배낭을 꾸리는 당신들은 지극히 어리석고 또한 이기적인 인간들인지도 몰라요.

하지만 작년에 당신들이 히말라야의 어느 봉우리에 올라 당신의 사진을 정상에 묻고 돌아왔다는 소식을 듣고는 저도 다시금 눈물을 흘리지 않을 수 없었어요. 그들은 당신을 잊지 않고 있었으며 항상 이야기했던 대로 당신을 대신해서 산을 오르고 있는 거예요. 그렇다면 당신도 외롭진 않겠죠. 그렇게 생각하니 전 참으로 초라하다는 생각이 들어요. 산에서 당신을 뺏어 오지도 못하고, 당신의 악우들 만한 보살핌도 다 못했으니까. 결국 당신은 자신이 놓지 않아야 할 것이 무엇인지를 채 자각하기도 전에 어쩌면 산에서의 황홀한 최후를 맞이한 것일지 모르겠군요.

이제 정상입니다. 꼭대기에는 영봉(靈峯)이라고 새겨진 비석이 서 있고 사방으로 전망이 제법 넓게 트여 있습니다. 서쪽으로는 인수봉이, 그리고 동쪽으로는 선인봉이 보이는군요. 언젠가 당신과 이곳에 오르자 당신은 더 많은 것을 자세히 알려 주었죠. 오봉과 주봉, 만장봉, 우이암. 그리고 멀리 수락산과 불암산 등에 대해서. 물론 남산은 저도 잘 알아요.

그리고 아주 낭랑한 어조로 드 프라의 시를 암송했어요. "어느 날, / 어느 날 내가 산에서 죽을 때 / 오랜 산 친구인 네게 / 이 유서를 남기마. / 내 어머니를 만나 다오 / 그리고 말해 다오, / 난 행복하게 죽어 갔다고. / 난 어머니 곁에 있었기에 조금도 괴로워하지 않았다고. / 내 아버지에게 전해 다오, 난 사나이였노라고. / 아우에

▲ 북한산 오봉

게 전해 다오, 이제 네게 바통을 넘긴다고. / 아내에게 말해 다오, / 내가 없어도 살아가라고. 네가 없어도 내가 살았듯이 말이다. / 내 아이들에게 이렇게 전해 다오, 너희들은 '에단손'의 암장에서, / 내 손톱자국을 볼 것이라고. / 그리고 내 친구여, 네게는 이 한마디를 …. / 내 피켈을 집어 달라고. / 피켈이 치욕으로 죽는 것을 나는 원치 않는다. / 어딘가 아름다운 페이스에 가져가다오. / 그리고 피켈만을 위한 작은 케룬을 만들어 다오, / 그리고 그 위에 나의 피켈을 꽂아다오.'"

일본의 원로작가 이노우에 야스시의 『빙벽』이라는 소설에 인용되었다는 시. 그 한 편의 시가 당신의 운명을 예고했을 줄이야. 하지만 그때는 그 시가 왜 그토록 멋있게만 들렸는지. 아마도 제게는 유치한 소녀적 감상이 남아 있을 뿐인지 모르겠어요.

물론 당신에게는 아내나 자식이 없지요. 그것을 다행으로 여겨야 했을까요? 아니면 그렇기에는 운명이 우리를 허락하지 않았던 걸까요? 저 자신도 가끔 그것을 야속하게도 생각하며 당신을 닮은 아이라면 한 번쯤 키워 보고 싶다는 욕심도 생기는군요. 아마 당신이 마음만 먹었다면 전 그냥 제 몸을 허락했을 텐데…. 하지만 우린 그렇게 못했어요. 3년을 교제하면서 그만한 일이 없었다니. 왠지 그것조차 부끄러워지는군요.

저의 사랑은 그저 입에서 맴도는 언어였을 뿐인가요? 물론 언니는 극성이었어요. 결국 아버지에게까지 말해 버려 우린 얼마나 힘들었는지. 식구들은 당신이 이렇게 된 걸 겉으로는 안쓰러워하면서도 속으로는 다행이라 여겼을 것이고, 때로 피를 나눈 가족들마저 저를 사랑한다는 명분으로 자신들의 이기심을 내세우기 바빠, 한때 그 모멸감을 이겨야 하는 것도 여린 제 가슴의 못이었죠.

이제는 재킷을 다시 입고 단추를 채우며 옷매무시를 단정히 합니다. 당신에게로 가야 하니까요. 까칠한 소나무 가지를 피하며 잠시 내려갑니다. 심호흡을 하고 조금 너른 곳에 있는 당신의 비석 앞에 섭니다. 양지바른 이곳은 참으로 조용하고 정면에는 인수봉의 웅장한 동남벽이 펼쳐져 있습니다. 그 앞에는 깊은 계곡이 한없는 공간

▲ 인수봉 동남벽 야영장측

을 만들어 심연과 같은 분위기를 느끼게 하고 그 사이를 한두어 마리의 새들이 부유(浮游)하듯 날고 있습니다.

 그동안 잘 지내셨는지요. 홀로 하는 시간이 혹은 외롭지 않으셨는지. 당신이 떠나신 지 벌써 3년이 되어 가는 동안에도 몇 번 찾아오지 못해서 미안해요. 그때 이곳에서 당신의 뼛가루를 뿌렸지요. 그때 만해도 전 다시 이곳에 못 올 것 같았는데 세월이 그 모든 걸 무마하는 것 같습니다. 저는 주머니에서 담배 한 갑을 꺼내 그중 한 개비를 꺼내 눈을 감으며 입에 물어봅니다. 지금까지 맡아보지 못한 향긋한 내음이 후각을 자극하자 야릇한 기분이 느껴집니다. 당신이 담배를 피던 모습을 떠올리며 다른 주머니에서 라이터를 꺼내

▲ 인수봉 십자로 부분의 설경

불을 댕겨 붙이며 한 모금 들이쉽니다.

처음 마셔 보는 담배 연기가 이제는 쓰리게 느껴지고 이내 연기를 내뿜으며 눈을 뜹니다. 하늘로 흩어지는 담배 연기가 더없이 허망하게 보이고, 이제 비석의 단(壇) 앞에 불이 제대로 붙은 담배를 얹어 놓습니다. 독실한 기독교 집안이라 제사를 지내본 적이 없는 저는 처음엔 당신의 악우들이 하는 행동을 이해할 수 없었습니다. 망자(亡者)가 피우는 담배라니! 하지만 이제 당신을 위해 해줄 것이 없는 저로서는 그것을 이해할 뿐 아니라 어느 정도 믿을 수 있을 것 같아요.

바람의 세기에 따라 불이 타들어 가는 속도가 빠르게, 혹은 천천히 바뀌는 것을 보고 있자니 저의 마음이 저리는 것만 같군요. 그리고 담배가 다 타들어 가는 것을 마저 바라보다 당신이 사준 작은 배낭에서 소주 한 병을 꺼냅니다. 작은 플라스틱 잔도 하나 꺼내 소주를 부어 단(壇)위에 놓았습니다. 제 잔도 하나를 채워 잠시 그렇게 들고 있다가 허공에 건배하듯 한번 휘젓고 단숨에 한잔을 비웁니다. 참 쓰기도 하군요. 당신과 함께 지낼 땐 어쩔 수 없이 받아 마신 덕에 그때는 제법 잘 마신다는 소리를 듣기도 했는데, 이제 너무나 오랜만에 마시니 조금 힘이 드는군요. 그래도 속이 제법 따뜻해지는 걸 느끼니 마음이 다시 가라앉고 있어요.

그렇게 술을 좋아했죠. 술을 좋아하지 않으면 산꾼도 아니라고 했던 당신. 그리고 당신은 그런 사람 중 한 사람이던 일본의 유명한 등반가 하세가와의 이야기를 해주었어요. 그가 낭가 파르밧에서 죽었을 때 그의 사체를 찾아내니 놀랍게도 그의 수통에 가득 들었던 것은 물이 아닌 양주였다는 것이죠. 얼마나 술을 좋아했는지 그는 죽는 순간까지 술과 함께했던 것이죠. 그리고 그의 장례식에 달려온 아름다운 그의 젊은 아내는 양주를 한 박스(Box)나 준비해 왔다고 했지요. 그녀는 관의 뚜껑을 닫기 전에 양주를 한병 한병 관에 가득 따라 부으며 한없이 울었다고 했어요. 그 모습을 상상하니 그때 저도 절로 슬퍼지더군요. 그녀는 자기 남편이 이승에서 **좋아했던 술을 저승 가는 길에 원 없이 마시며 가라고 그렇게 서글픈 제식**

(祭式)을 올렸던 거지요.

하지만 전 다른 것을 준비할 필요도 없이 제 하염없는 눈물이라면 당신의 관을 다 채울 것만 같았어요. 감히 그 관을 열어 볼 용기가 없었을 뿐. 그 눈물에 담긴 염분의 액체로 당신의 육신을 담글 수 있다면 당신을 너른 바다로, 생명의 모태인 대양(大洋)의 품으로 돌아가게 할 수도 있겠다는 착각과 함께. 그것이 아니라면 양수(羊水)가 되어 당신이 태아였던 아주 오래전의 안락을 느끼게 해줄 수 있을 것으로 생각했는지도 모르겠군요. 그러나 저의 눈물로는 당신의 커다란 체구를 적셔 내기에 턱없이 부족할 뿐이었어요. 결국 몇 날이고 그렇게 울다 눈물이 메말라 버렸다고 느꼈을 때, 솟아나던 저의 슬픔도 고갈되어 버린 것이 아닌가 하는 의구심이 들던 두려운 날들도 많았습니다.

저는 당신에게 올렸던 잔을 들어 술을 비석 주변에 뿌립니다. 그리고 남아 있던 소주도 모두 주위에 천천히 뿌렸습니다. 남아 있던 담배와 라이터는 비석 옆에 가지런히 놓았습니다. 이제는 가야 할 것 같아요. 하지만 돌아가는 길은 그다지 외로울 것 같지는 않군요. 당신을 보고 돌아가는 길이니까.

하늘 한편엔 하얀 구름이 당신의 영혼처럼 가볍게 떠 있고 바람은 여전히 싱그럽기만 합니다. 주말이면 또다시 저 인수봉은 당신과 같은 꿈을 꾸는 젊은 등반가들로 가득 차겠지요. 당신은 그것을 굽어보며 부디 편안한 안식을 취하세요. 안녕. 내 사랑. 윤회가 있어 다시 태어날 수 있거든 이번엔 부디 푸르고 곧은 소나무가 되세요. 그리고 이제부터 아무 일도 없었던 것처럼 담담한 마음으로 살아가렵니다.

당신은 기약 없는 먼 여행을 떠났고, 남아 있는 저는 당신이 돌아올 것을 기대하지 않으면 그만이니까.

* 북한산 영봉에 먼저 떠난 악우를 위해 세운 비석(碑石)과 바위에 박은 동판(銅版)들은 옛 우이산장 뒤편에 추모탑을 세우면서 2009년 모두 철거하여 모두 옮겼다.

꿈속에서 산행을

꿈속에서 산행을

이것이면 충분하겠죠. 아주 편하게. 이제는 고통 없이 등반할 수 있어요. 당신이 꿈꾸던 세계, 아름다운 나라로 날아가세요. 난 이제 어떻게 돼도 좋으니까….

민영이 꿈에서 깨어 눈을 뜨니 창밖엔 아직 해가 남아 있었다. 그는 잠시 꿈의 여흥을 맛보다가 창으로 시선을 돌렸다. 빛바랜 블라인드 너머의 세상은 잘 보이지 않아도 저마다의 아름다움을 잃지 않고 있으리라는 생각에, 그는 병실에 누워있는 자신의 처지가 한심스러워졌다. 그리고 또 같은 꿈이라니. 그는 심호흡하며 자신이 벗어날 수 없는 울타리에 갇힌 것을 깨닫자 절망감이 엄습해 왔다. 눈동자를 돌려보니 잠이 들 때까지만 해도 자신의 곁을 지키던 아내의 모습은 보이지 않고 그 자리에는 박 간호사가 서 있었다.
하얀 가운을 입고 간호사복을 입으면 다 아름답게 보이는 걸까?

아니 그 보다 그녀의 성품이 착해서 그렇게 보이는지 모른다. 약간 의아해하는 표정이 더 새침하게 보인다. 내가 이 여자를 먼저 만났다면 어떻게 됐을까? 그는 그런 가벼운 상상을 하며 불가능한 가정에 쓴웃음을 지었다. 링거에서 간헐적으로 떨어지는 포도당 용액의 달랑거림이 그의 생명만큼이나 가볍게 느껴진다. 박 간호사가 그의 겨드랑이에서 체온계를 빼는 것 같았으나 여전히 감각이 없다.

"기분이 좀 어떠세요?"

그는 이번엔 좀 더 다른 인사말을 건네주기를 바랐다. 하다못해 꿈속에서 산행은 어땠냐는 말이라도.

"집사람, 혹시 못 봤어요?"

그는 박 간호사의 의례적인 인사엔 아랑곳하지 않고 아내가 어디 갔는지가 궁금했다. 박 간호사는 어딘지 야속한 표정을 지으며 어깨를 으쓱거렸다.

"사모님 본 지는 꽤 된 것 같네요."

그래, 지칠 만도 하겠지. 벌써 석 달째인데. 그는 지그시 눈을 감으며 잠시 상념에 빠졌다. 망설임의 여지도, 선택의 권한도 자신에게는 없지 않은가. 그대로 다른 이들의 처분에 따를 수밖에 없는 기가 막힌 상황. 한때 자신의 의지대로 거침없이 살았던 과거가 지금 자신에게 고통이 되어 돌아온 것이 이제는 감당할 수 없을 것 같았다. 눈을 뜨니 박 간호사는 아직도 그 자리에 있다.

"민영 씨는 갈수록 투정이 느는군요. 하는 행동이 마치 어린애 같잖아요."

"적절치 못한 표현이군요. 내게 특별히 신경 쓰실 것 없어요."

그 순간 그녀는 난감한 표정을 지었다. 행동? 그에게는 행동이 있을 수 없다. 목 골절에 의한 전신마비. 이것이 그가 이 병실에 누워 있는 이유였다. 이제 목 이하로는 전혀 움직이지 못한 채 일생을 살아야 한다.

박 간호사는 아랫입술을 가볍게 물고 난감한 표정을 감추려 고개를 돌렸다. 갈수록 본심이 드러나는 건가? 이 병실에 들어섰을 때만해도 그는 농담을 즐기며 자신이 수더분한 산꾼임을 과시하려는 양 호언을 일삼았다. 하지만 지금의 그를 보면 그것은 다 위선이었단 말인가? 그러나 누구라도 그럴 수밖에 없는 것이 현실이 아닌가. 다만 박 간호사는 민영만큼은 변하지 않기를 내심 바라고 있었다. 그것이 특정 환자에 대한 각별한 관심으로 매도되더라도 그녀로서는 개의치 않는 일이다. 그리고 그와 간간이 나누었던 대화에서 그의 성품과 내면세계가 드러났기에 그가 여느 인간과는 조금 다르다는 것을 막연히 알아가는 중이었다.

그녀는 더 이상 머뭇거릴 시간이 없음을 깨닫고 억지웃음을 지어 보이며 병실을 나왔다. 고개조차 돌릴 수 없는 그이기에 자신의 뒷모습을 바라보리라고는 생각되지 않았지만, 그녀는 왠지 뒤통수가 따갑게 느껴졌다. 복도 끝의 스테이션에 이르자 엘리베이터의 자판기 앞에 그 아이가 온 것을 알았다. 처음엔 그저 호기심에 한두 번 다니려니 싶었는데 상당한 시간이 흘렀는데도 지치지 않고 찾아오는 것을 보면 이제 저 애도 철이 들었다는 뜻인가?

"화경이구나. 왔으면 들어가 보지 않고 뭐하니?"

"언니! 아직 근무에요? 난 언니가 교대한 줄 알았어요."

한눈에도 성숙한 면모가 드러나 보이는 체구를 지녔지만 아직은 앳된 모습을 다 지우지 못해서인지 박 간호사의 눈에도 화경이는 풋풋해 보였다. 하지만 처음 이 병원의 응급실로 쫓아 왔을 때만 해도 화경이는 얼마나 제멋대로였는지 모른다. 핑크빛으로 물들인 머리나 눈에 거슬리는 짙은 화장, 브릿지로 염색한 앞머리, 그리고 평퍼짐한 힙합바지 차림이 박 간호사의 눈에는 한심한 10대로 보일 뿐이었다. 그러나 지금은 어딘지 얼굴이 마른 것 같고 여느 소녀처럼 수수한 차림이 되었다. 서화경은 이제 열여섯이었다.

"아저씨는 좀 어때요?"

"오늘은 저기압이셔. 사모님도 안 계시니 한번 가봐."

화경은 잠시 밝은 웃음을 지어 보이며 병실로 향했다. 벌써 3개월째. 정말 가망이 없는 걸까? 평소 이민영의 건강한 모습을 한 번도 보지 못한 그녀지만 한 남자가 평생을 누워지내야 한다는 게 믿어지지 않았다. 그는 항성(恒星)처럼 빛을 발산하지만, 결코 움직일 수 없는 붙박이와 같은 존재가 되고 말았다. 그리고 모든 것이 자신 때문이라는 생각이 들자 지금까지의 철없던 모든 행동이 이러한 비극을 만들었다는 생각을 지울 수 없었다. 이런 생각은 거의 매일 병원에 들어설 때 느끼는 것이다. 그녀는 병실 문 앞에 잠시 섰다. 이곳에서의 망설임은 어쩔 수 없다. 매번 문을 열기 전에 심호흡하며 마음을 진정시켜야 했다.

그래도 민영은 한 번도 화경을 타박하지는 않았다. 물론 처음엔 굳이 올 것 없다며 만류하기도 했지만, 지금은 어느새 정이 들었는지 그런대로 반기는 눈치가 보인다. 하지만 그래도 문을 밀고 들어갈 때는 숨을 크게 쉬지 않을 수 없다. 그녀는 실제보다 육중한 중압감을 느끼며 병실의 문을 밀었다. 아담한 1인실 병실은 조용했고 언제나처럼 평화로워 보였다. 일부로 기척을 내며 들어섰으나 그는 잠이 들었는지 눈을 감고 있다.

사위가 점차 밝아 온다는 느낌이 들었으나 아직은 어둠이 심연처럼 무겁게 퍼져 있다. 자신의 숨소리만 거칠게 들리고 발아래 흰 눈이 헤드랜턴의 불빛을 받아 초롱초롱 반짝거렸다. 깊은 설산에서 정상을 향해 어프로치를 하는 중이다. 민영은 불안함이 밀려와 곁을 둘러보았으나 함께 출발한 것으로 알았던 셀퍼 나왕 옹추의 모습이 보이지 않는다. 그리고 놀랍게도 천근같이 무거워야 할 자신의 두 발이 사뿐거리며 눈 위에 발자국조차 남기지 않는 걸 깨달았다. 그리고 날이 밝으면서 중력이 사라지는 느낌이 밀려온다. 자기의 몸이 허공에 떠오르는 것이다. 민영은 필사적으로 허우적거렸으나 이미 몸은 계곡 쪽으로 떠올라 제어할 수 없는 유영(遊泳)을 하고 있었다. 평소에 그렇게나 저주스럽던 중력에서 벗어났지만, 이것은 아니라는 생각만 일었다.

흰 산이 멀어지면서 회오리와 함께 눈보라를 일으키더니 이내 사람의 얼굴 모습으로 산봉(山峯)은 모습을 드러냈다. 그건 아내의 모습이었지만 박 간호사 같기도 했다. 아니 화경의 얼굴인데 분명 슬프게 울고 있다는 걸 알았다. 순간 하늘에서 눈사태가 쏟아지더니 모든 것을 하얗게 지워버렸고 이내 자신을 덮쳐버렸다. 그리고 민영은 잠에서 깨어났다. 격한 감정에서 빠져나오듯 눈을 뜨자 그제야 부드러운 손길이 느껴졌다. 초점을 모으니 화경이 근심스러운 눈길로 바라보며 자신의 땀을 닦아주고 있었다. 하얀 텍스타일로 처리된 천장이 아직도 설산에 대한 미련이 남는 듯 시야를 가득 채웠다. 시선을 화경의 얼굴로 옮긴다.

"또 산행하는 꿈을 꾸셨어요?"

이민영은 벌거벗은 몸을 보인 듯한 기분이 들면서 이 아이가 이제는 자신의 모든 것을 간파하고 있다는 것이 민망스러워 무력감을 느꼈다. 꼭 이 아이 때문만은 아니다. 이건 운명이지. 결코 그 누구도 원망하진 않으리라. 자신도 얼마든지 바위에서 떨어질 수도, 크레바스에 빠질 수도 있는 것이라고 생각하자. 그래서 여기 누워있는 거라고 마음속으로 수 차례 다짐하고서야 그는 겨우 입을 뗐다.

"오늘은 더 예뻐 보이는구나. 학교는 다녀왔니?"

"아저씨는 맨 날 같은 인사밖에 몰라요? 그리고 이제 저 학교 다니는 거, 걱정하지 않아도 돼요."

창밖은 어느새 어둠에 잠겼다. 이렇게 단둘이 있는 시간이 길어진다는 것. 그는 그것이 바람직하지 않다는 걸 알면서도 아내보다 화경이가 곁에 있어 주는 게 더 낫다는 생각이 든다. 아직은 젊은 아내. 처음엔 자신이 산에 다니는 걸 매력으로 알았지만 주말마다 배낭을 꾸려 산으로 가고, 몇 달씩 히말라야로 홀쩍 떠나버리는 일이 빈번하면서 두 사람 사이엔 허물 수 없는 벽이 쌓인 듯했다. 그러니 이제와서 어떻게 그녀가 자신의 수발을 평생 들 수 있단 말인가. 화경이도 그렇다. 화경이 자기를 영원히 지켜주리라고 입버릇처럼 말한다 해도 그건 철없는 발상일 뿐이다. 언젠가는 지쳐 떨어져 나갈 것은 뻔한 일이 아닌가. 그래서 오히려 화경이가 부담이 없다. 그 사이 화경은 민영의 땀을 다 닦았는지 잠깐 거울에 가서 자기의 얼굴을 살피고 돌아왔다.

"나쁜 꿈인가요?"

민영은 그게 길몽인지 악몽인지 분간이 가지 않았다. 다만 중력이 없어서는 안 된다는 것을 확인했을 뿐이다. 민영은 여느 때처럼 담담하게 등산에 관한 이야기를 두서없이 들려주었다. 화경은 다소곳이 앉아 두 눈을 빛내며 듣고 있었다. 3개월 전에는 결코 볼 수 없었던 모습이다. 민영은 꿈에서의 잔영을 지우지 못한 채 중력이라는 개념으로 등산에 관한 이야기를 마무리 지었다.

"따져보니 산악인들은 중력에 거슬리는 일만 골라 한 것 같아. 바위를 수직으로 오르니 위험이 따르는 것이고, 짐을 메고 산을 오르니 고통스러울 수밖에. 그러니 저주받는 거야. 중력이라는 신(神)의 섭리를 거역하며 의지니, 신념이라는 말을 함부로 썼으니 말이야."

'저주'라는 표현에 화경은 눈을 내리깔았다. 민영은 아차 싶은 생각이 들었다.

"그래서 등반가들은 겸손하려 하는 건지 모르겠어요."

"그래, 자연은 결코 인간들에게 정복될 수 없는 것이지. 인간은 결국 자연에 귀속되는 존재일 수밖에 없으니까. 우리는 다만 산에서 우리 자신을 시험하는 것뿐인지도 몰라."

민영은 적당히 얼버무리는 어조로 말했으나 정작 하고 싶은 말은 다 못한 것 같다. 사실 '등반'이란 말은 필요하지 않다. 오직 행동으로 보일 뿐이기에. 그런데도 이제 그가 할 수 있는 일이란 눈을 깜박이는 것과 말하는 것 말고 뭐가 있단 말인가.

무슨 의미인지를 금방 알아챈 화경은 잠시 숙연해졌다. 한때 유능했던 등반가가 평생 이렇게 침대에 누워 보내야 한다는 것. 한 인

▲ 연약을 오르는 모습

간의 꿈을 송두리째 앗아간 것이 그날의 예기치 않던 사고 때문이라고만 말할 수는 없다. 자신의 방탕한 생활이 이러한 결과를 향해 필연적으로 치달려 왔다는 생각과 그것을 깨달은 지금엔 어떤 것도 돌이킬 수 없는 상황이 되어버린 것이 현실이다. 그래서 화경은 신을 원망하지 않을 수 없다. 이 사람 대신 나를 그냥 지옥으로 데려갈 것이지….

이제 민영을 알게 된 화경의 마음속에서는 그를 배신할 수 없다는 공연한 의협심이 자라났다. 그리고 그것을 굳이 설명하자면 산사람들의 우정이 아닌가, 남모르게 제 가슴속으로 가늠해 보기도 했다. 그래서 자살하기로 했던 모진 결심도 접어두지 않았던가. 자기처럼 아무런 가치도 없는 인간을 누군가 목숨을 걸고 구해주었다는 것을 알았을 때, 그때 느꼈던 신선한 충격으로 인해 화경은 자신이 거듭나는 것을 생전 처음 깨달았다. 그것으로 예전의 행복한 자신으로 돌아오는데, 어느 정도 성공했지만, 막상 자신을 구해준 당사자를 찾으니 그는 이렇게 침대에 누워만 있는 것이다. 그것은 운명이라기에는 너무나 가혹한, 그리고 기막힌 일이었다.

그날은 너무도 아름다웠다. 신록이 파릇하게 돋아나 생명이 움트는 것을 가만히 있어도 느낄 수 있을 것 같았고 지극히 평화로운 하오였다. 권태로움 마저 느껴지는, 그래서 왠지 식곤증이 사람들을 나른하게 만드는 시간, 운명처럼 이민영과 서화경은 횡단보도를 사이에 두고 신호대기 중에 서로 마주 보고 있었다. 그때까지만 해도 서로 전혀 모르는 사이였다. 친구와 동업하여 회사의 중요한 위치에서 일하며 산을 다니던 이민영과 가출한 지 보름이 넘어 이제는 자기 자신도 포기해버린 한심한 십 대인 서화경은, 서로가 자신에게 어떤 운명의 변화를 가져오는 존재인지를 전혀 알 턱이 없었다. 설령 신(神)이라 하여도 그다음 사건에 대해 적어도 그때까지는 생각하지 않았을 것이다. 그러나 너무도 권태로웠던 탓일까? 신이 그 순간 장난을 치고 싶었던 것은….

화경은 조바심 때문이었었는지 신호가 바꾸자마자 달려 나왔다. 그

▲ 연악에서 야리가다케

바람에 민영의 시선은 당연히 화경에게로 갈 수밖에 없었다. 바로 그때, 굉음과 함께 미처 신호를 보지 못한 1톤 트럭이 제동을 걸었지만 서지 못하고 밀려왔다. 고무가 타는 냄새와 함께 아스팔트에는 깊고 진한 스키드 마크가 새겨졌다. 민영은 생각할 겨를 없이 몸을 날리며 화경을 밀어냈다. 그런 민첩한 행동이 가능했던 것은 숱한 위험을 겪어낸 산악인의 반사신경이 있었기 때문이었는지 모른다. 그리고 차에 받혀 나동그라졌다. 한순간에 일어난 일이었다. 몇몇 여자들의 찢어지는 듯한 비명과 남자들의 '악'하는 신음이 터져 나왔다. 모든 차량이 정지했고 사람들이 몰려나와 두 사람을 에워

쌌다. 화경은 그 모든 것들이 느린 동작으로 보였고 순간 자신이 왜 그 자리에 있는지 정신을 차리지 못하고 어리둥절했다. 그때 건장한 체구의 트럭 운전사가 뛰쳐나와 난감한 듯 주춤거리더니 실신한 이민영의 몸을 번쩍 쳐들어 어깨에 들쳐 맸다. 바로 그 순간 민영의 고개가 심하게 뒤로 젖혀지더니 둔한 소리와 함께 목뼈가 부러지고 말았다. 한 사람의 인생이 비참하게 바뀌는 순간은 이토록 짧았다. 응급실로 가서 진단한 결과 목 골절 말고는 단순 찰과상과 타박상뿐이었다. 민영이 눈을 떴을 때는 전혀 다른 세상이 잔인하게 그를 기다리고 있었다.

화경은 그날의 일들이 꿈자리에서 뒤숭숭하게 되풀이되는 게 싫었다. 새벽에 악몽에서 깰 때마다 차라리 그 고통에서 민영을 벗어나게 할 수 있는 방법이 뭘까를 생각하지 않을 수 없다. 그리고 얼마 전 그것이 가능한 방법을 생각해 냈지만, 아직은 아무에게도 말하지 못하고 망설일 수밖에 없었다.

화경은 더 있고 싶었으나 민영의 아내가 병실에 들어서자 짧은 인사를 하고 나와 버렸다. 그녀가 더 견디기 어려운 것은 민영의 아내가 보이는 처사였다. 부부로 살아온 세월이 10여 년 가까이 되면서 민영에게 냉소적으로 처신하는 아내가 얄미운 감정을 넘어서 미웠다. 어른들은 오래 살면 다 저렇게 되는 걸까. 세월이 흐르면서 쌓이는 것. 그 감정의 퇴적층에 어떤 것들이 층위를 이루는 것일까.

믿음, 소중함, 가슴속에서 우러나오는 따뜻함, 아니면 권태, 싫증이나 짜증, 의구심 같은 것. 화경은 그래서 어른이 되기가 싫었다. 차라리 그때 차에 치인 길고양이처럼 뭉개져 버려도 상관이 없다고 생각했는데.

병원 로비를 빠져나가려 할 때 화경은 박 간호사와 마주쳤다. 퇴근하기 위해 화사한 꽃무늬의 원피스로 갈아입은 그녀는 전혀 다른 사람으로 보였다.

"방향이 같으면 좀 걸을까?"

두 사람은 늘 그래온 것처럼 다정하게 말을 나누며 걷기 시작했다. 장미 넝쿨이 우거진 병원의 철책 길은 유월 저녁나절의 싱그러움을 느끼게 하였다. 처음엔 각자의 안부와 그날의 일들을 가볍게 나누다 불쑥 화경이 야릇한 질문을 던졌다.

"언니는 간호하다가 차라리 죽는 게 낫다는 환자를 본 적은 없어요?"

"왜 없겠어. 가망도 없는데 산소호흡기를 떼지도 못하고. 때로는 가족들도 포기하고 싶어 하지만, 의료법상 어쩌지도 못하는 걸 보면 부아가 치밀기도 하고…."

어느새 환자를 사람으로 취급하지 않는 자기의 모습에 박 간호사는 비하감을 느끼곤 했다. 의식이 없으면 사람으로 보이지 않을 수밖에. 더구나 처음부터 의식불명인 상태로 오면 그렇게 느껴지기 마련이다. 그리고 때로 환자를 사람 그대로 보면 진료를 제대로 못하는 때도 있다. 그래서 가급적이면 의사들도 자기의 가족에 대한 수술을 맡지 않는다. 의료에 있어서 냉정은 불가피하다. 박 간호사는 은연중에 느낀 비정함을 변명이나 하듯 화경에게 이런저런 이야기로 들려주었다.

"그건 의식불명 일 때잖아요?"

의식이 멀쩡하게 살아있는 경우는 어떡하냐는 질문과 같았다. 잔인한 반문이다.

"주로 암 병동에 근무하다 보면 그렇다는데 난 아직 거기서는 일해보지 않아서."

그러다 박 간호사는 머리 한끝에서 서늘함을 느꼈다. 화경은 민영을 이야기하는 것이다. 뭐라 답해야 할까. 물론 케코키언 박사는 안락사를 원하는 사람에게 약물을 투입하여 죽도록 했으며, 그것을 비디오로 녹화하여 공개했다. 그 일은 세간에 센세이션을 일으켰고 결국 법정에서 실형을 선고받은 일도 있다. 그냥 일상적인 말로 피해버릴까. 어쩌면 이 아이는 아무 생각 없이 던진 이야기일 수도 있지 않을까. 자신이 너무 과잉 반응을 보인다는 생각이 들었다. 하긴 최근 박 간호사는 민영만 보면 자신의 멘탈이 흔들리고 있음을 느낀다. 얼마 전에도 뻔질나게 다니던 길수라는 후배가 만취되어 나타나 병원을 아수라장으로 만들지 않았는가.

그날은 하루내 화창한 햇살이 그냥 병실에 있기는 안타까울 정도로 사람을 유혹하였고 시간은 땅거미가 막 질 때였다. 교대를 마치고 집에 가기가 미안했는지 박 간호사는 말벗이 돼주기 위해 민영의 병실에 들렀다. 민영의 아내는 그날도 잠시 들렀다가 이제 간병인을 써야겠다고 아무렇지도 않게 말하고 가버렸다. 그래서인지 그날따라 민영이 측은해 보였다. 창가로 밀어두었던 침대를 제자리로 옮길 때 잠시 두 사람은 말없이 있었다. 보면 볼수록 진지하고 깊이가 느껴지는 민영의 눈에서 박 간호사는 안타까움을 느끼기 시작했다. 이토록 멀쩡하게 보이는 사람이 이렇게 누워만 지내야 한다니. 꼭 산악인이 아니라도, 산에 오르는 것이 그의 인생에 전부는 아니라도, 적어도 그가 휠체어에 앉을 수 있고 고개라도 돌릴 수 있다면. 그런 감회가 오히려 그녀의 가슴속에 차올라 괜한 말이라도 나누면 눈물이 쏟아질 것만 같은 순간이었다. 그때 병실 문이 거칠게 열리며 길수가 들어왔다. 어디서 낮술을 마셨는지 그는 어지간히 취해 있었다.

"형님, 저 왔습니다. 저요, 형님이 살려주신 그 길수가 왔어요."

그간 여러 번 다녀갔기에 안면이 있었지만 이렇게 취해서 나타난 것은 이번이 처음이었다. 길수는 카라코람 히말라야의 가셔브룸 등반 때 크레바스에 빠졌다가 민영이 구해준 적이 있었다. 그래서 그런지 민영을 대하는 태도가 각별했다. 그는 손에 들고 있던 팸플릿을 바닥에 던지며 언성을 높였다.

"글쎄 오늘이 그 발대식 아닙니까. 다들 형님께는 말하지 말라고 했는데, 어떻게 그럴 수 있냐고요. 형님이 작년에 정찰 다녀오신 곳이잖아요. 그런데 형님 없이 우리끼리 간다는 게 말이 됩니까? 저 처음부터 반대했어요. 형님이 저 구하실 때 그랬잖아요. 악우(岳友)는 함께 살고 함께 죽는 거라고. 그래서 힘이 다 빠져 같이 떨어질 뻔했어도 제 벨트를 놓지 않았잖아요. 저 이제 산에 안 갈랍니다. 그냥 형님 곁에 있을랍니다."

떨어진 책자에는 '네팔 히말라야 칸첸중가 원정대'라는 제목이 쓰여 있었다. 조만간 길수와 그 일행이 히말라야로 떠날 계획이었고 민영에게는 차마 알리지 못한 것 같았다.

"이러지 마. 거기 가는 게 내 꿈인 거 알잖아. 나 대신 오른다고 해 줘. 그게 서로를 위하는 길이야."

민영을 고개를 돌리지 못해 천장을 응시한 채 떨리는 목소리로 말했다. 눈물이 귓가로 흘러내리는 게 보였다. 길수는 침대 곁에 무릎을 꿇고 앉아 소리를 죽이고 흐느꼈다. 그때 꽃다발을 든 하 씨가 들어섰다. 순간 박 간호사는 최악의 상황이 왔다는 직감을 했다. 하 씨는 민영을 치었던 트럭 운전사였다. 병실의 숙연한 분위기에 그는 어쩌지 못하고 서 있기만 했다. 인기척에 길수는 일어서며 고개를 돌렸다. 그리고 손등으로 얼굴을 훔치더니 두 손으로 와락 하 씨의 멱살을 거머쥐었다.

"야 이 새끼. 너지? 너 잘 만났다. 니가 우리 형 이렇게 만들었다며? 뭣도 모르는 게 사람 구한다고 겁 없이 들쳐 메? 우리 형님이 어떤 분인지 알기나 해? 너 같은 천박한 인생하곤 격이 다른 분이야. 산에서 존경받는 선배란 말이야. 그런데 이게 뭐야? 이게 뭐냐고! 너도 한번 당해봐. 오늘 니 목을 분질러 버릴 거야!"

길수는 흥분하여 말끝마다 두 손으로 하 씨를 흔들며 목을 조였다. 얼떨결에 당한 일이라 하 씨는 헐떡거리다가 길수의 두 손을 잡고 버텼다. 건장한 체격의 하 씨는 이미 취한 길수에게 힘으로는 밀리지 않았다. 상황이 이쯤 되자 박 간호사는 인터폰으로 스테이션에 경비를 요청했다. 그 수 분 동안 길수는 힘에 부치자 닥치는 대로 발길질하며 하 씨를 공격했다. 하지만 오히려 힘이 센 하 씨가 길수를 붙잡는 꼴이 되었고 곧이어 경비원들이 들이닥치며 길수는 끌려갔다. 내내 민영은 말없이 눈물만 흘리고 박 간호사는 오금이 저렸다.

"이거 어떡합니까? 이거 제가 잘못 왔나 봅니다."

남은 하 씨는 안절부절못하며 얼굴이 붉게 상기된 채로 병실 바닥에 짓이겨진 꽃들을 치우고 있다. 그도 한심한 노릇 아닌가. 나이 사십에 막일로 생활하다 간신히 용달차를 구매하여 택배 일을 시작했고 그렇게 번 돈으로 겨우 매달 차량할부와 여섯 식구의 생계를 꾸려가고 있는데, 이런 일이 생기고 나니 한동안 넋이 나갈 수밖에 없었다. 천성이 워낙 착해서 지금껏 남에게 빚진 일 없고 오히려 이용만 당하며 살아왔던 인생이었다. 그러나 사고를 조사한 보험회사에서는 차량사고에 의한 찰과상과 타박상의 전치 4주의 보상만 할 수 있다고 했다. 민영의 목 골절은 어디까지나 운전사 하 씨의 과실이지 교통사고와는 무관하다는 것이다. 결국 평생토록 민영의 불구에 대한 보상은 개개인 간의 민사소송으로 해결해야 할 판이었다. 민영의 아내는 소송을 걸 수밖에 없었고 소송 결과는 뻔한 일이었다. 하지만 승소하더라도 하 씨는 보상할 재산이 없었으므로 시간이 갈수록 당사자들은 숨이 막혀올 수밖에 없다. 그간의 치료비와 입원비는 화경의 아버지가 부담해 왔다. 자식의 생명을 구해준 은인이기보다는 삐뚤어진 딸아이를 바로 잡아주었다는 생각에 필요 이상으로 과분하게 1인실 병실을 마련해 준 것이다.

하지만 제법 재산이 있다는 화경의 아버지도 언제까지나 그 비용을 부담할 수는 없는 노릇이다. 병원에서는 재활 프로그램을 권하지만 이미 가망이라고는 전혀 없어 보이고, 차라리 퇴원하기를 바라지만 아내는 그럴 때마다 소극적으로 처신하고 있다. 박 간호사는 그런저런 사실을 알면서부터 마치 자기의 일인 양 답답하고 민영을 둘러싼 이들이 한심해 보일 뿐이다.

아무도 저 사람이 원하는 것을 알지 못한다. 그저 연명하는 것이 중요한 것이 아니라는 것을. 두 발로 건장하게 설산을 올라야 하는 사람이 꿈속에서나 산행하면서 만족해야 한다는 비극을 그들은 생각하지 않고 있다. 이제는 한계에 이르러 경제적 부담과 육체적으로 치다꺼리하는 것을 귀찮게 생각할 것이다. 아내는 도대체 어떤 사람이란 말인가. 겉으로는 멀쩡하게 생긴 사람이 벌써 욕창을 손보는 게 싫어서 간병인을 쓰겠다는 건 심하지 않은가. 그녀도 그를 사랑했기에 결혼하였을 것이며 그 선택 안에는 민영의 저런 의협심도 포함되었을 것인데, 그런데 이제는 자기가 빠져나갈 궁리만 한다니. 박 간호사는 어느덧 다 치운 바닥을 기다시피 치우고 또 치우는 하 씨가 가련하게 보였다.

"선생님 어떡합니까? 정말 죽을 죄를 지었습니다. 저 죽으려고 한강에도 몇 번 갔더랬어요. 하지만 그걸로 안되는 거 아닙니까. 무슨 수를 쓰든 평생 제가 책임질 랍니다. 제 식솔들을 굶기더라도 선생님 병원비 마련하고 늘 곁에서 지키겠습니다. 그러니 용서해주시고 용기 내시기 바랍니다."

벌써 몇 번째 반복되는 참회의 말이다. 그런 모습을 계속 곁에서 봐야 하는 박 간호사가 더 견디기 어려웠다. 민영은 어느새 감정을 가라앉혔는지 차분한 목소리로 말했다.

"인제 그만 하세요. 고소를 취하시킬 거에요. 그냥 사고라 생각합니다. 누구에게나 있을 수 있는. 이렇게 살아있는 게 불운일 뿐이지 누가 잘못했다고 생각하지 맙시다. 그냥 가족을 위해 열심히 사세요. 그리고 박 간호사님. 내가 부탁한 거 있지요. 제발 진지하게 생각해 주세요."

　죄책감에 실성한 듯한 하 씨를 부축해 일으키며 밖으로 나가려 할 때 등 뒤에서 차가운 그의 말이 박 간호사의 가슴에 깊이 박혀왔다. 자신에게 부탁한 것. 그것은 고통 없이 죽도록 해달라는 애원이었다. 박 간호사는 그런 말이 민영에게서 나올 때마다 애써 농담인 척 웃어넘기곤 했는데 이제는 더 이상 피할 수 없는 상황이 된 것을 절실히 느꼈다.

　물론 자신도 그 생각을 했다. 어차피 삶의 모든 가치를 잃어버린 사람에게 저렇게 비참한 모습으로 살아가는 것이 무슨 의미가 있단 말인가. 그의 삶에서 무수히 겪어왔던 산에서의 추억과 앞으로 살아가면서 갈망했을 산에서의 꿈들을 잔인하게 침대에서 반추하고 살게 내버려 둔다는 것이 그에는 얼마나 큰 고통일 것인가. 그녀는 상상 속에서 몇 번이고 그를 죽이곤 했다. 항간에 논란이 있는 '품위 있게 죽을 수 있는 안락사'를 꿈꾸며 그것이 필요한 사람이 있다면 당연히 이민영이라고 생각했다. 그러나 현실에서 자신의 직분은 그것을 용납할 수 없다. 그럴수록 그녀는 간호사라는 직업을 선택한 자신이 후회스러웠다.

　그런 생각이 머리를 스치며 병실을 빠져나오는데 거기에 화경이

서 있다. 아마 처음부터 이 광경을 지켜봤으리라는 생각이 들었다. 그리고 화경의 눈빛에서 뿜어져 나오는 섬뜩함을 앞으로도 잊을 수 없을 것이다.

"아저씨가 원하는 걸 드리고 싶어요."

버스 정거장에서 헤어지는 길에 화경이 던진 말이 박 간호사의 마음속에서 맴돌았다. 자신의 은인이기에 무언가를 해주고 싶다는 인사일까? 아니다. 그보다는 영악스러운 무엇이 있다. 하지만 박 간호사는 그것이 의미하는 바를 애써 생각하지 않으려 했다.

집에 돌아온 화경은 밤새 잠을 이룰 수 없다. 자신이 좀 더 일찍 민영과 같은 어른을 만났다면, 그리고 이렇게 기막힌 인연이 아니라 그냥 학교 선생님이나 동네 어른쯤이면 어떨까 하는 아쉬움을 느꼈다. 집을 뛰쳐나간 건 여느 비행 소녀들이나 다를 바 없이 매사 자신을 무시하고 미덥지 않아 하는 아버지와 어머니가 싫었기 때문이다. 화경이 바라는 건 자기 의사대로 사는 것이다. 그 나이 때면 누구나 원하는 그런 평범한 것이었는데, 그녀에게는 친구들과 교외로 여행을 나가는 것조차 허용되지 않았다. 엄하기만 하면서 집에는 늘 붙어있지 않는 아버지와 어머니. 화경은 그래서 가출을 일삼았지만, 하루하루가 힘들기만 한 세상을 접할 때마다 삶에 회의가 들곤 했다. 그러다 우연히 민영을 만난 것이다. 하찮은 자신을 구하고 인생을 잃어버린 사람, 생각하면 할수록 그것은 화경에게 너무나 부담스러웠다.

　지난 3개월 동안 화경은 어떡해서든 민영에게 기쁨을 주고 희망을 주고 싶었다. 그것이 은혜를 입은 자로서 당연한 도리이며 민영에게서 느껴지는 인간적인 정을 다할 수 있는 길이니까. 아니, 그보다 자신의 이야기를 끝까지 들어주고 이해해주는 민영에게 끌리는 무엇이 있다는 걸 안다. 하지만 두 눈에서 서서히 광채를 잃어 가는 민영을 바라보면 볼수록 화경은 견디기 어려웠다. 민영의 집에서 가져온 사진을 들여다보며 그가 있을 곳이 병원이 아닌 거친 산이라는 것을 느낄 때마다 화경은 저며오는 아픔으로 고통스러웠다. 그런 생각과 함께 잠이 든 것 같다.

　찬란한 오월의 햇살이 가득하고 신록의 푸르름이 온몸으로 느껴지는 산등성이에 화경이 있다. 그녀는 이것이 꿈이라는 것을 깨닫는다. 먼발치에 민영이 화강암 바위에 걸터앉아 아래쪽 계곡을 내려다보고 있다. 화경이 다가간다. 우리 꿈속에서 산행하는 거 맞지요. 그렇다고 민영이 고개를 끄덕인다. 그런데 왜 여기 앉아 계세요? 민영이 고개를 든다. 놀랍게도 눈동자가 없이 검은 구멍이 뚫린 눈이다. 이제 광채를 다 잃으셨군요. 그래, 내게 산행하지 못한다는 것은 아무것도 볼 수 없는 것과 마찬가지란다. 그건 메아리처럼 계곡 저편에서 들려오는 소리다.

　민영의 입은 굳게 닫혀있고 얼굴의 근육은 전혀 움직이지 않는다. 꿈속에서라도 산행을 하셔야 해요. 화경이 소리친다. 그러나 목소리로는 나오지 않는다. 몇 번이고 되뇌어보지만 그것은 머릿속으로 파고들 뿐 소리가 되어 나오지 않는다. 민영은 다시 자신의 발 쪽으로 고개를 떨군다. 자세히 보니 그 발에는 쇠사슬이 묶여 있다. 그 사슬은 산 아래 도시 쪽으로 뻗어있고 저만치에서 수십, 수백 갈래로 나누어져 있다. 이 사슬을 끊어다오. 다시 묵직한 메아리가 울려온다. 연이어 더 굵고 더 큰 목소리로 울려온다. 화경은 다급한 마음으로 그 사슬을 끊으려 하지만 아무리 돌멩이를 들어 내리쳐도 꿈쩍을 하지 않는다. 그러다 눈을 떴고 날이 밝았다. 화경은 무거운 머리를 세차게 흔들며 생각했다. 이대로는 안 된다고. 이제라도 마음먹은 일을 해야 한다고, 자신을 스스로 믿어야 한다고 다짐했다.

박 간호사는 오늘처럼 정신없는 날이 또 있을까 싶을 정도로 하루를 보내고 나니 민영이 궁금해졌다. 민영의 담당 간호사였다가 오늘부터 일반병실로 배정을 받았던 터였다. 지난 3개월간 민영의 담당으로 있을 때는 몸이 편했지만, 마음은 늘 무거웠다. 그보다 가슴 한쪽에서 싹트는 그에 대한 연민과 애정이 더 부담스러웠다. 하지만 그것이 값싼 동정이라는 것을 박 간호사는 누구보다 잘 알고 있다. 그래서 며칠 전 보직 변경신청서를 냈고 그것이 받아들여진 것이다.

하지만 아침에 그 사실을 알려주며 인사를 건넬 때 민영은 분명히 자신에게 '도피'라는 표현을 썼다. 그건 정말 도피일까? 그러나 그래도 상관없다. 그에게서 벗어날 수 있다면. 자신을 죽여달라고 애원하며 아내에게는 이혼을 종용하고 갈수록 사람들에게 냉소적으로 변하는 그를 바라보기에 그녀의 정신력은 보잘것없는 것임을 알았기에, 비겁하다는 스스로의 자책에도 불구하고 애써 피해버린 것이다. 하지만 막상 6인실 병실을 맡으니 전처럼 일이 쉽게 풀리지 않았고 자꾸만 민영에게 신경이 쓰여 몇 번이나 실수할 뻔한 걸 생각하니, 앞으로 그가 퇴원할 때까지 생각처럼 마음이 가벼워질 수는 없을 것 같다.

아니 죽으면 모를까 퇴원한다고 잊을 수 있을까. 그 같이 열정적으로 세상을 살아간 사람이 모든 사람에게 거치적거리는 짐으로 취급된다는 게 가혹하다는 생각이 든다. 만약 자신이라면. 자신이 결심하면 그를 편하게 보낼 수 있다. 방법이 없는 것도 아니다. 링거 고무 튜브에 공기를 주입하거나 잠들었을 때 일산화탄소를 호흡하게 한다면 고통 없이 죽으면서 그 사인을 밝히기가 어려워진다. 하지만 잘못하면 코마 상태에 빠져서 일이 더 꼬일 수도 있다. 더욱 확실한 방법이라면… 아무래도 포타슘이다. 100mg만 링거의 고무 튜브에 주입하면 충분하다. 치사율은 100%이며 대개 심장마비를 일으키기 때문에 사인은 명백하므로 의혹을 살 일도 없다. 게다가 모두가 죽기를 원하던 사람이 아닌가? 누가 그걸 밝히자고 덤비겠는가.

 그러나 그건 어디까지나 상상이다. 간호사라면 충분히 생각해 낼 수 있는 일반적인 방법일 뿐이다. 박 간호사는 여기까지 생각하고 심야 교대 시간이 되어 탈의실로 무거운 발걸음을 옮겼다. 탈의실에는 간호대 동기인 김 간호사가 막 간호복으로 갈아입고 나가려던 참이었다. 두 사람이 같은 스테이션에 있을 때는 많은 이야기를 주고받았으나 자신이 민영의 병실로 간 뒤로는 만날 일이 없었다. 오랜만에 반가운 인사를 나누고 탈의실을 나서면서 김 간호사는 생각났다는 듯이 아무렇지도 않게 말했다.

 "참, 화경이가 너 있던 병실 보호자지. 걔, 우리 병원에서 발 넓은 거 알아? 여기저기 인사 다니면서 활달하게 지내더라고. 애가 포타슘도 알고. 벌써 간호사가 다 된 것 같다니까."

 순간 박 간호사는 등골이 오싹해지는 것을 느꼈다.

 "뭐? 화경이가 포타슘을 안다구?"

 "그래. 그거 말고도 별걸 다 알아. 그래서 이것저것 가르쳐 줬지. 걔 이 시간에도 병간호 온 거 있지. 근데 왜 비상구로 오는지 모르겠어."

 거기까지만 말하고 김 간호사는 탈의실을 빠져나갔다. 박 간호사는 자신의 맥박이 한계치를 넘어가는 듯한 느낌을 받았다. 설마, 설마 그럴 리가. 아직 어려서 호기심이 많아 그런 것뿐이야. 그러면서도 박 간호사는 의구심을 떨쳐버릴 수 없었다.

시계를 보았다. 새벽 2시 10분 전. 병원에서는 가장 조용하고 취약한 시간이다. 누가 몇 사람을 잡아가도 모를 시간. 박 간호사는 그냥 스테이션에 머무를 수가 없다. 그녀는 지금의 위치에서 민영의 병실까지의 거리를 가늠해 보았다. 그리고 김 간호사가 화경을 본 시간을 생각해 보았다. 만약 자신이 생각한 일이 벌어진다면 지금 달려가야 했다.

박 간호사는 주저 없이 뛰었다. 일단 민영의 병실 앞에 있는 스테이션의 약 창고를 확인하면 된다. 포타슘은 일반 약국에서 구할 수 없을 테니까. 거친 숨을 몰아쉬며 약 창고의 서랍을 열었다. 아침에 인수인계를 위해 자신이 확인대로 모든 게 있기를 바라면서. 하지만 분명히 포타슘 100㎎ 한 병과 일회용 주사기가 없어졌다. 자기 성험대도라년 오늘 하두 이것늘을 쓸 일은 없다. 그렇다면…. 약실에서 뛰쳐나온 박 간호사는 복도 끝에 있는 민영의 병실을 바라본다. 문이 열려있다. 스테이션에서 자신의 후임자가 무슨 일인지 의아해하며 잠시 박 간호사를 쳐다보았다. 그녀가 애써 태연한 표정을 지어 보이자 비로소 자신이 하던 일을 계속했다.

박 간호사는 숨을 죽이며 천천히 민영의 병실을 향해 다가갔다. 설마 하는 일이 현실로 일어나지 않기를 간절히 바라며 고개만 빼고 밖에서 소리 없이 병실 안을 본다. 불은 꺼져 있고 취침등이 여린 조명을 밝히고 있다. 바닥에는 빈 포타슘 병과 일회용 주사기의 포장지가 있고 화경이 등을 돌린 채 흐느끼는지 어깨가 떨리는 것이 보인다. 민영은 깊이 잠들었는지 고른 숨소리만 낼 뿐이다. 그녀는 들어가려 했으나 발이 바닥에 붙어버린 듯이 움직일 수 없다.

 네가 원한 거잖아. 어디선가 또 다른 자신의 목소리가 들려왔기 때문이다. 네가 못한 걸 그 아이라도 할 수 있게 해 줘. 그가 간절히 원했던 걸 하게 내버려 둬. 하지만 또 한편에서는 이성의 목소리가 자신을 질타하고 있다. 시간이 없어. 사람을 살리는 게 너의 임무야. 나이팅게일의 선서를 잊었니? 너의 간호사복에 부끄럽지 않게 행동해. 그때 그 검은 실루엣 너머로 차가운 주삿바늘이 언 듯 빛을 반사했다. 그리고 그녀가 어쩌지 못하는 사이에 나직한 화경의 목소리가 내면의 두 목소리를 강하게 제어하듯 들려왔다.

 "이것이면 충분하겠죠. 아주 편하게. 이제는 고통 없이 등반할 수 있어요. 당신이 꿈꾸던 세계, 아름다운 나라로 날아가세요. 난 이제 어떻게 돼도 좋으니까…."

문을 열자

문을 열자

쏟아지는 강한 빛이 망막을 때린다. 순간 두 눈을 질끈 감고 그 자리에 꼼짝 못 하고 섰다.

"얘가 나오든지 말든지 하지, 왜 문을 막고 서 있니?"

엄마다. 하필 이때 엄마가 문 앞에 있어 핀잔을 주는지 짜증이 났다. 그냥 뒤돌아서 방으로 들어와 침대에 벌렁 누워버렸다. 모처럼 밖으로 나가려던 마음은 한여름 아스팔트 위에 놓인 드라이아이스처럼 허연 연기로 사라져 버렸다. 빛이 싫다. 아니 어둠이 좋다. 도사릴 수 있고 드러나지 않은 조용한 구석 자리. 남 앞에 나서기가 버거울 때부터인지 시나브로 나는 방구석 침대에 처박혀 지낸다.

"밥은 먹구 자빠져 있든지 말든지 해야 할 거 아냐. 여기 밥상 놓고 가니까 알아서 먹어."

엄마는 문 앞에 밥상을 놓고 가버렸다. 마침 출출한 차에 얼른 일어나 아침밥을 해치운다. 그리고 문을 바라본다. 문 너머의 세상에 관심이 떨어진 지 언제인가. 저 너머가 정글처럼, 혹은 거대한 대양처럼 거친 세계가 무지막지하게 펼쳐져 있어 이제는 두렵기도 하다. 꼭 그래서만은 아니지만, 언제부턴가 나의 방콕은 내게 천국이 되었다. 얼마나 됐는지 세어보진 않았지만.

처음 일주일은 식구들도 미처 깨닫지 못하고 지나갔다. 예전에도 주말이나 방학 때 이삼일 정도는 방에서 꼼짝하지 않고 지냈으니까. 화장실도 내방 바로 옆에 있어서 살짝 다녀오면 나는 내방에 박혀 있는 화석 같은 존재나 다름없다. 뭘 하느냐고? 딱히 하는 것 없이 하루가 금방 지나가 버리니 그게 가끔 나도 궁금하다. 그냥 침대에서 뒹굴기, 의자에 앉아서 멍때리기, 스마트 폰으로 게임을 하거나 유튜브 보기, 책상 위 데스크톱 모니터로 영화 보기…. 아, 그러고 보니까 나도 하루에 하는 일이 엄청 많았구나. 나도 바쁜 현대인의 한 사람이다.

외출하지 않은 지 한 달이 되어갈 무렵, 엄마는 나를 이상하게 보기 시작했다. 아프다는 핑계로 식구들과 겸상도 하지 않고 말마저 잘 섞질 않으니 정말 뭔 병이 든 게 아닌가 걱정하기 시작했다. 그렇지 않아도 삼수하고 들어간 대학에서 휴학을 두 번 하고 군대를 다녀왔다. 그리고 졸업 유예를 신청한 후로 9년 넘게 제대로 된 외출을 하지 않고 지냈다. 삼수생 때나 대학을 다니면서도 나는 친구를 사귀지 않았고 강의가 끝나는 대로 바로 집으로 돌아왔다.

사실 그건 다 핑계에 불과한 건지도 모르지. 부딪쳐 나가기가 버거워 현실을 무력하게 수긍해버린 타협. 물론 물리적이거나 어려운 시험에서 경쟁하다 밀려나 자유를 포기하기도 했지만, 난 쉽게 해결하지 못하는 상황이면 그저 피하는 버릇이 들었다. 굳이 이기고 싶은 마음도 이기고 싶지도 않았으니까.

문밖에 나서지 않으려는 이유는 사실 주기적으로 꾸는 꿈 때문일 수도 있다. 언제부터 그런 꿈을 꾸었는지 아리송하지만 꿈의 내용은 선명하게 기억난다. 나는 거친 광야를 한없이 걸었다. 산도 숲도 보이지 않는 광활한 대지. 갈증과 허기에 지쳐 무겁기만 한 다리를 끌다시피 걷고 또 걷고 걸었다. 내가 지쳐 쓰러지려는 때, 눈앞에는 거대한 성이 나타났다. 그리고 누군가를 만날 수 있으리라는 희망을 품고 성문을 찾아 달려가 그 앞에 섰다. 문을 두드렸다. 아무런 소리가 없다. 다시 두드리고 기다려봤지만, 역시 기척이 없다. 문을 힘껏 밀어보았다. 육중한 문은 내 기를 죽이려는 듯 꿈쩍도 하지 않는다. 이번엔 어깨 힘까지 쓰며 문을 밀어봤지만, 문은 견고하게 버티고 있다. 그 자리에서 맥이 풀려 눈물이 솟구쳐 나오려는 순간, 어디서 왔는지 모를 한 소녀가 나를 밀치고 성문 앞에 선다.

"저, 저기요. 그곳엔 들어갈 수가 없어요. 문을 열 수가 없다고요."

나는 말을 했지만, 왠지 소리가 되어 나오지 않았다. 그녀는 손잡이를 잡더니 몸쪽으로 문을 당겼다. 무겁게만 보였던 문이 미끄러지듯 가볍게 당겨지며 활짝 열렸다.

'당기는 거였다고?'

문이 열리는 순간 얼굴이 화끈거리는 것이 느껴졌다. 챙이 큰 모자를 눌러쓴 그 소녀가 나를 슬쩍 쳐다볼 때, 나는 시선을 피하려다 넘어지며 여지없이 꿈에서 깨고 말았다. 머릿속에 맴돌았던 소녀의 옆모습이 어디선가 보았던 인상이라는 생각과 함께.

한동안 꿈은 반복되었다. 꿈속에서는 여전히 문을 밀기만 할 뿐 당겨볼 엄두를 못 내며 때로는 소녀가 나타나기도 하고 때로는 나 혼자 이러지도 저러지도 못하는 상황에서 깨곤 했다. 반복하여 꾸는 꿈인 대도 왜 당길 생각을 못 했는지 도통 이해할 수 없었다. 그러던 중에 드디어 나는 문을 당겨서 여는 데 성공하기 시작했다. 순간 짜릿한 희열을 느꼈다. 문을 열고 들어가는 순간의 감흥은 꿈결에서도 한동안 나를 황홀경에 빠뜨렸다.

그런데 문제는 다음부터였다. 성안으로 들어가면 도시가 있을 줄 알았는데 그 성은 보통의 성이 아니었다. 성벽은 만리장성처럼 끝이 보이지 않았고 드넓은 벌판이 나를 기다리고 있었다. 나는 그곳을 걷고 또 걷는 꿈을 하염없이 꿔야 했다. 그것이 꿈이라는 것을 알면서도 꿈에서 깰 때는 온몸이 물에 젖은 솜처럼 무겁기도 했다. 그리고 마침내 또 거대한 새로운 문을 만났다. 그런데 이번에는 큰

덩치에 수염이 더부룩하고 갑옷을 입은 성지기가 창을 들고 문을 지키고 있는 게 아닌가.

내게는 '히키코모리*' 같은 은둔 고립형 인간의 성향을 보이기 시작하기 전에 초등학교 때부터 알던 여친이 있었다. 다른 친구들은 여차저차해서 다 떨어져 나갔는데 '정서린'이라는 여자아이와는 계속 소통하고 있다. 물론 그 친구는 나한테만 잘하는 스타일이 아니고 모두에게 잘하는 스타일이어서 가능했던 거지만. 워낙 어릴 때부터 사귄 사이라서 그럴까. 입시에 실패하기 이전에는 허물없이 만나서 수다도 떨고 함께 영화를 보러 가기도 했는데, 재수를 시작하면서 대학에 들어간 그녀를 만나는 것이 어쩐지 불편해서 그냥 전화 통화만 하며 안부를 묻다가 이제는 무제한 통화에 가입하여 영상통화를 하며 방에서 보내는 시간을 즐기고 있다.

서린이는 보통 여학생과 다르게 '수학의 귀재'라 불릴 만큼 수학 실력이 좋았다. 건축공학과에 진학하여 건축기사 자격증을 따고 감리사 자격증도 땄다. 내가 굳이 그녀를 소개하는 것은 내 꿈에서 그녀의 역할이 생겼기 때문이다.

이게 무슨 소리냐면 문지기가 있는 문에서 그가 내게 퀴즈를 내고 맞춰야 문을 열어준다고 해서이다. 꿈이라 좀 어설펐지만, 첫 번째 문제를 꿰맞춰 보면 다음과 같은 식이다.

---

* 정신적인 문제나 사회생활에 대한 스트레스 따위로 인하여 사회적인 교류나 활동을 거부한 채 집 안에만 있는 사람.

"내 나이를 알아맞히면 문을 열어주지. 내 나이를 3으로 나누면 2가 남는다. 그리고 5로 나누면 4가 남지. 그리고 7로 나누면 1이 남는다. 자, 난 몇 살일까?"

나는 몇 번이고 이 숫자들을 곱하거나 나누고 더하거나 빼보면서 답을 찾으려 했으나 일단 꿈이니까 정답을 맞힐 수는 없어 문 안으로 들어가는 데 실패하였다. 같은 꿈을 반복하면서 매번 꿈에서 깨자마자 이 문제를 종이에 적으며 거의 정확하게 옮겨 적는 데 성공했다. 이제는 서린이가 도와주면 된다.

"정서린! 문제 좀 하나 풀어줘."

"뭔 문제? 나 만나주면 풀어줄게. 얼굴 한번 제대로 보자."

"보긴 뭘 봐. 방콕하는 백수한테."

"너 살찐 거 다 뺐다며. 그 고생하고도 박혀서 지낼 거야?"

사실 나는 방에서 놀고먹다 보니 살이 엄청나게 쪄서 그 바람에 더욱 사람을 만나는 것이 싫어졌다. 그런데 내가 봐도 너무 심하다 싶어 살을 빼야겠다고 마음먹고 방 안에서 할 수 있는 하체운동이나 팔굽혀펴기, 복근 운동 등을 매일 쉬지 않고 했다. 마침내 목표했던 원래 몸매로 돌아오는 데 성공하는 중이다.

"조건 걸지 말고 좀 도와줘."

"알았어. 어떤 문젠데?"

나는 SNS로 그 문제를 보내 봤다. 그러자 놀랍게도 불과 3분 만에 답이 왔다. 그 답은 다음과 같다. 먼저 7로 나누면 1이 남는 수를 나열하고 그중에 맞는 수를 찾아야 한다. 7로 나누어서 나머지가 1인 수는 29가 있다. 29를 7로 나누면 4와 나머지 1이 나온다. 그럼 29를 5로 나누어보면 5와 나머지 4가 나온다. 이번엔 29를 3으로 나누면 9와 나머지 2가 되니까 29살이 나온다는 것이다.

"야! 넌 정말 수학의 신이다. 깜놀이야~"

"뭘 그렇게 놀라? 이건 일본 에도시대의 책 『화산(和算)』에서 나오는 유명한 퀴즈를 응용한 문제야. 아는 문제니까 바로 풀지 나라고 어떻게 답이 막 나오겠어?"

'아! 그랬구나.' 생각해보니 서린은 고교 시절 때 얄궂은 수학 문제를 내주고 답을 찾으려 쩔쩔매는 나를 골탕 먹이듯 놀리곤 했다. 아마도 그때 낸 문제 중 하나일 거라는 짐작은 갔으나 꿈에서 너무 정확히 문제를 기억해 냈다고 생각하니 소름이 돋았다. 현실과 꿈 사이에 어떤 교감의 끈이 있는 것이 아닐까. 물론 나는 잠이 드는 것과 깨는 것이 지금도 신기하다. 잠이 들려는 순간에 내 자의식을 놓지 않으면 어떨까 싶은 엉뚱한 발상에서 떠오른 생각이지만. 그렇게 수없이 의식의 끈을 수면의 세계로 엮어보려 했지만, 오히려 숙면을 방해할 뿐 어떤 성취도 이룰 수 없었다. 하기야 내가 그런 시도를 성공시킨다면 꿈을 인간의 잠재의식과 연결해 해석하려던 정신분석학자 프로이트나 융이 울고 갈 것이다. 그런데도 나는 이 문제를 맞혀 문을 열고 들어갈 다음 세상에 관한 생각에 다소 흥분하고 있다.

"근데, 우근아. 그 문제는 어디서 들었어?"

"그냥, 꿈에서 그걸 풀어야 문을 열어준다고 해서."

"문?"

"난 계속 가고 싶은데 웬 문이 이리 자주 나타나나 싶어."

"그건 문이라기보다 널 스스로 가둬놔서 빠져나가고 싶은 심리가 작동하는 건지도 몰라."

"내가 왜 날 가둬? 나 자신을 자물쇠로 잠갔단 말이야?"

"네가 불편해하는 것은 사실 모두 바깥세상에서 만든 건데 넌 주눅이 들어 살잖아."

"바깥세상에서?"

"그래, 가족들이나 학교 선생님, 너 군대에 있을 때, 그런 사람들에서 자신을 지키려고 마음의 문을 잠근 게 아닐까 하는 생각이 들어."

나는 선문답 같은 놀이에 생각이 뒤엉켜 더 통화를 하고 싶지 않았다. 마침 서린이도 뭔가를 더 캐물으려다 말고 전화를 끊었다.

또 홀로의 시간을 마주한다. 어릴 때부터 나는 깊은 잠을 자지 못했다. 선잠을 잔다고나 할까. 자면서도 뭔가를 생각하고 주위에서 조그마한 소리라도 들리면 살포시 깨어 슬쩍 눈을 뜨고 별일 없으면 다시 자는 식이다. 낮잠은 자지 못한다. 공부하다가 잠시 눈을 좀 붙였으면 싶어도, 자리를 깔고 자지 않는 한 책상에 엎드려 자거나 졸다가 나 자신도 모르게 잠든 적이 없다.

그래서 군대 생활할 때 너무도 힘들었다. 8시간의 수면을 자도록 했지만, 중간에 보초를 한 시간 이상 서야 하니까 불침번은 30분 전에 준비하라고 깨운다. 근무를 서고 오면 바로 잠들지 못하니까 30분 정도 뒤척이다 자면 보통 6시간밖에 못 잔다. 심지어 불침번이 나를 찾으려 '이우근 일병이 어딨지?'라고 혼잣말로 중얼거리는 소리만 듣고도 부시시 잠에서 깨곤 했다.

복학하고 나서는 아무래도 불면증이 있나 싶어 병원에 갔더니 나 같은 증상을 겪는 사람이 우리나라에 70%가 넘는단다. 그래서 수면제보다는 수면 유도제를 처방해 주었는데 바로 잠드는 데는 효과가 없고 오히려 아침에 깰 때 머리만 무거워 먹다 말았다. 내가 이렇게 힘드니까 차라리 '향정신성 약품'인 졸피뎀을 먹으라고 권한 의사가 있었다. 그 약은 정말 먹고 나면 30분 안에 잠들고 깰 때도 정신이 말끔했는데 신문에서 그 약을 먹으면 치매가 빨리 올 수 있다는 기사를 읽고 께름직해서 약을 끊었다. 이렇게 잠 못 드는 것도 병이다.

물론 내가 뭔 큰일을 하는 사람도 아니고 방에 처박혀 뒹굴고 있으니 잠을 자든 놀든 그게 그거니까 이제는 졸릴 때 자고 깰 때 일어나는 단순한 생활을 반복할 뿐이다.

이제는 자볼까? 옆으로 누워 눈을 붙인다.

난 문지기가 있는 성문 앞으로 어느새 가 있다. 그리고 성지기의 질문에 서린이가 알려준 대로 답했다. 문지기는 아무 표정 없이 문을 열라 한다. 문고리를 잡고 당겨보고 밀어보면서 문을 열었다.

초원이 펼쳐져 있었다. 시원한 바람이 불어왔다. 하늘은 맑았고 구름은 눈부시게 하얗다. 마치 그동안 힘겹던 여정에 보답이라도 하듯이 쾌적한 공간을 만끽했다. 발걸음을 떼자 풀밭은 푹신하였다. 이대로 한없이 걸어도 좋을, 걷고 걸어도 전혀 피곤할 것 같지 않은 마음이 들자 나는 힘차게 달려보았다. 바람이 얼굴을 스치며 지나간다. 얼마 만인가. 이렇게 마음껏 달려 본지가? 아무리 달려도 지칠 것 같지 않은 기분.

그런데 얼마 못 가 또 거대한 성벽이 나를 가로막는다. 이번에는 문이 보이지 않는다. 작은 벽돌로 촘촘히 쌓여 있어 틈이라고는 전혀 보이지 않고 덩굴이 울창하게 자라나 있다. 어디로 열고 가야 할지 가늠할 수가 없다. 바짝 다가가 미심쩍은 부분은 손으로 더듬어 보고 옆으로 비스듬히 쳐다보아도 문처럼 보이는 부분은 없었다. 좌우를 쳐다보니 성은 끊임없이 연결되어 끝이 보이지 않았다. 한쪽 끝까지 가서 더듬어 살피고 오기에는 얼마나 걸릴지 가늠이 되지 않는다. 그동안 꿈을 통해서 알 수 있는 것은 내가 도착한 부근에 문이 있다는 사실 뿐. 잘 달려오다가 맥이 풀려 바닥에 그냥 앉아버렸다. 그때 허공에서 아름다운 여성의 목소리가 가늘게 들려왔다.

"몇 발자국 떨어져서 눈을 반쯤 감고 보세요."

어디선가 들어본 익숙한 목소리 같은데 누군지 막상 떠오르는 사람은 없다. 일단 시키는 대로 하자. 당장 답이 없는데. 나는 벌떡 일어나 씩씩거리며 뒷걸음을 치며 벽에서 물러났다. 몇 발자국은 얼마나 되는 건지 몰라 아홉 걸음 떨어져 서서 게슴츠레 눈꺼풀을 반쯤 덮었다. 뭐가 뭔지 짜증이 들려는 순간, 보인다. 아파트 방화문 크기의 색달라 보이는 부분이. 그런데 문손잡이가 없다. 가까이 다가가 모서리 부분을 매만지며 뭔가 문을 열 단서를 찾아보았다. 한참을 그렇게 열중하고 있는데 누군가 어깨너머에 있다는 느낌이 들어 뒤를 돌아보니 예전의 모자 쓴 소녀가 어느새 다가와 있다. 나는 왠지 시선을 들어 똑바로 쳐다보면 안 될 것 같은 위압감을 느끼며 문에서 살짝 비켜섰다.

"가볍게."

그녀는 입술이 움직였는지조차 모르게 짧은 한마디를 던진다. 뭘 가볍게 하란 말인가. 문을 여는데 가볍게 여는 경우가 있냐는 말이다. 어떻게 하는 건지 물어보려 고개를 돌렸지만, 그녀는 이미 사라지고 없다. 나는 문 한가운데에 마주 서서 심호흡하며 정신을 집중시키려 애쓴다. 힘이 들어가지 않게, 짧은 시간에, 예전과 다른 방식으로 문을 열려면.

그때 '살짝'이라는 단어가 떠올랐다. 그래, '터치' 방식으로 건드리는 거야. 스위치를 대신하는 원터치 방식처럼.

나는 그녀의 말대로 문의 가운데를 손바닥으로 가볍게 '툭' 하고 쳤다. 그러자 문은 놀랍게도 여닫이처럼 한쪽으로 밀리며 스르르 열렸다. 이런 방법이 있었군. 발상의 전환이 필요한 경우. 힌트가 있어서 해결할 수 있는 경우가 말이다. 문을 통과하자 이번에는 하늘빛이 수상하다. 눈앞에 사람들이 다닌 오솔길이 멀리 이어져 있다. 습기가 가득한 바람이 불어오는가 싶더니 먹구름이 몰려오며 주위는 일순 어두워졌다. 곧이어 세찬 빗줄기가 퍼부어질 듯싶어 나는 마음이 급해져 잰걸음으로 오솔길을 쫓아가기 시작했다. 예상대로 비가 내리기 시작했고 빗발은 점점 굵어졌다. 이내 땅바닥에 물이 고이면서 흘러내리니 점점 길은 자취를 감추기 시작한다. 어쩌지. 이대로 꿈길을 헤매다 깨어나려나.

그때 땅바닥만 쳐다보고 달리던 나는 뭔가를 들이받고 뒤로 자빠졌다. 이번에는 스테인리스로 제작된 현대식 문이 앞에 버티고 있다. 그리고 문의 오른쪽 위에 카메라가 돌며 렌즈가 내게로 향한다. 그리고 스피커 음향이 들렸다.

"여기는 인가된 사람만 들어올 수 있다. 사전에 예약이 되어 있어야 한다. 출입증을 제시하여야 한다."

또 이건 뭔 상황인가? 꿈을 꾸면서 어디로 갈 것을 어떻게 알고 무슨 예약을 한단 말인가. 더 이상 이런 문을 만나는 꿈도 지긋지긋한데. 나는 될 대로 되라는 식으로 그딴 것은 모르니 마음대로 하라고 문을 향해 소리쳤다. 그러자 이어 내게 다른 주문을 걸었다.

"그렇다면 추천인 이름을 대라."

추천인? 사람과 연을 끊고 산지 한참인데 나를 추천할 사람이 어디 있을까 싶었다. 그래도 만만한 이름이 머릿속에 떠올랐다.

"정서린!"

그러자 놀랍게도 문은 엘리베이터처럼 열렸다. 어차피 꿈이니 상황은 내 기억에 저장된 정보를 통해 전개될 것이다. 꿈이 신의 계시라거나 전생의 기억이 재현된다는 등의 이야기를 나는 믿지 않는다. 그럼에도 그녀의 이름에 꿈이 반응한다는 것은 전에 없던 일이다. 매번 이런 식이면 앞으로 열어야 할 문이 얼마나 될지 아득함이 밀려온다. 그때 또다시 허공에서 여인의 목소리가 들려왔다.

"열쇠가 있어요. 그리고 자신에게 잠근 자물쇠를 먼저 풀어야 해요."

"어디에 열쇠가 있다는 거야?"

"자신이 찾아야 해요. 가까이 있어요. 본인은 모르지만."

가까이 있다고? 난 본 적도 없는데, 그리고 지금이 어느 시대인데 열쇠를 쓰냐고. 아무튼 나는 열린 문안으로 발을 들였다. 그곳에는 도시가 펼쳐져 있다. 우리가 늘 SF영화에서 봄직한 디스토피아*로 몰락한 미래의 도시처럼 보였다. 사람은 없다. 징징거리는 기계음이 간헐적으로 들리고 머리 위로 뭔가가 쉼 없이 지나간다. 하늘은 까맣다. 도시 여기저기에서 반짝이는 불빛으로 겨우 사물을 분간한다. 불안이 밀려오고 잘못 들어왔나 싶은 마음에 뒤를 돌아보니 문은 없고 도시의 빌딩과 구조물들이 시야를 막는다. 갑자기 도시의 한복판에 버려졌다는 생각이 들자 가야 할 방향이 어딘지를 잃어버린 듯했다.

잠에서 깨고 싶은데 마음대로 되지 않는다. 무턱대고 앞을 향해 걸음을 옮기는데 눈을 가린 비둘기가 큰 원을 그리며 돌 듯 같은 곳을 맴돌고 있는 것 같았다. 마음대로 숨쉬기가 쉽지 않고 가슴을 옥죄이는 통증이 느껴진다. 이러다, 이러다 나는 이 도시에 갇히는 것이 아닐까. 누군가가 나를 도와줬으면 싶은 마음에 소리를 쳐보려 하지만 나의 외침은 목소리 안으로 기어들어 갈 뿐 발성이 되지 않는다. 그때다.

"우근아! 어디 아픈 거야? 괜찮은 거니?"

엄마가 세차게 흔드는 바람에 나는 깨어났다. 온몸은 땀으로 홍건히 젖어있고 오한이 심한지 내 몸은 가늘게 떨고 있다.

---

* 현대의 부정적인 측면이 극단적으로 나타난 가상사회

"병원에 가보자. 너 끙끙거리는 소리가 문밖에서 들릴 정도였어."
'내가 그랬다고? 찬 바람 쐴 일 없는 방에서 몹쓸 병에 걸렸다고?'
"아냐. 엄마. 별거 아닐 거야. 요즘 살 뺀다고 너무 안 먹어서 그러는가 봐. 좀 있으면 괜찮아질 거야."

나는 짐짓 아무렇지도 않은 척하며 나를 데리고 병원으로 나서려는 엄마를 만류했다. 엄마는 내 고집을 꺾지 못하는 걸 알기에 깊은 한숨을 쉬고 걱정스러운 눈빛으로 나를 바라만 보고 있다. 그도 그럴 것이 그동안 이런 증상을 보인 적이 없기 때문이다. 가위가 눌렸나? 어떤 사람은 자다가 뭔가에 놀라 죽기도 한다는데, 내가 이제는 정신병에 제대로 걸린 것은 아닐까 싶은 마음이 슬며시 고개를 드는 것 같다. 엄마는 미음이나 쒀야겠다고 애써 불안한 표정을 감추며 주방으로 향한다. 나는 그간 잘 보지 않던 거울을 본다. 많이 야위었구나. 눈이 쑥 들어간 거울 속 얼굴은 왠지 내 모습이 아닌 것 같았다. 그때 스마트 폰이 울렸다. 서린이었다.

"너 또 꿈에서 문제를 풀어야 할 것 같아서, 내가 연습 삼아 재미난 퀴즈를 준비했어."

난 애써 태연함을 가장하며 반가운 듯 좋다고 응대했다. 분위기를 전환해야 할 것 같아서이다.

"잘 들어봐. 내가 기르고 있는 반려동물은 두 마리 빼고 다 강아지야. 또 두 마리를 빼면 모두 다람쥐야. 그리고 두 마리를 빼면 모두 고양이야. 그렇다면 나의 반려동물은 각각 몇 마리일까?"

정신이 미처 제자리로 돌아오기 전에 이런 질문을 받으니 어안이 벙벙하다. 몇 마리를 키우든 난 동물들에게 관심이 없으니 답을 찾기에는 글렀다. 이런 퀴즈 놀이를 골백번 한다고 해도 꿈속에서 주어지는 모든 문제를 풀 것이라고 기대할 수도 없다.

"그냥 답을 알려줄게. 답은 뭐냐면, 강아지 한 마리하고 다람쥐 한 마리, 그리고 고양이 한 마리. 다 합해서 세 마리가 되는 거지. 어때 재밌지?"

"난 또 엄청 머리 굴리는 문제인 줄 알았네. 그건 너무 쉽잖아. 심심하면 나가서 딴 사람하고 놀든지."

"넌 꿈을 통해 성장통을 겪는 거야. 네가 마주치는 문을 열고 나가면서 말이야."

"내 나이가 몇인데 이제 와 뭔 성장통!"

"정신적인 세계를 말하는 거지. 깨고 나가고 싶은…."

"난 이대로 좋아. 더 건들지 말았으면 좋겠다."

나는 괜한 심술이 발동하는지 공연히 서린에게 짜증을 냈다.

"너, 나오면 안 돼?"

생각지도 못한 서린의 말에 순간 얼굴이 뜨거워졌다. 안 될 것 없는 너무도 단순한 질문을 서린은 8년 동안 기다렸다는 듯이 애절한 억양으로 내게 물어왔기 때문이다. 심장이 쿵쿵거리며 그동안 생각하지도 않았던 일이 머릿속에서 그려진다. 그녀를 만난다. 고급 레스토랑에서 단둘이 서로를 바라보며 말없이 앉아있는 장면. 난 머리를 세차게 흔든다. 그러려면 문을 나서야 한다. 문이 우리를 가로막고 있다. 내가 나가려 하면 문은 어떤 질문을 던질까. 아쉬울 것 없이 문안에서 살아왔는데 이제 나가려고 생각하다니. 서린이 때문에?

"나 못 나가는 거 알잖아."

"못 나가는 거 아니고 안 나오는 거잖아. 너같이 은둔형 외톨이로 사는 젊은 사람이 54만 명이나 되는 거 알아? 누가 못 나오게 했는데? 스마트 폰으로 같잖은 이야기 떠드는 것도 이제 지겨워. 네가 스스로 벽을 세우는 것 같아 답답하고."

벽을 내가 세워? 그럼 그 벽에 문을 설치한 것도 나인가? 그간 아무 문제 없이 잘 지내던 서린이 갑자기 내게 왜 이런 걸까. 나는 좀 혼란스러워졌다. 속이 매스껍고 멀미가 나는 듯 머리가 어지러웠다. 당장 닥친 현실이 감당되지 않아 차라리 꿈에서의 일이라고 생각하고 싶다. 난 앞뒤 없이 미안하다고 말하며 스마트 폰을 끊었다. 숨을 크게 내쉬며 안정을 찾으려 노력했다. 어디서부터 현실이고 어디까지가 꿈인가. 그 경계에 무지막지한 벽이 있어 넘을 수 없다면 문을 찾아 내가 어디에 있는지 알아야 하는 것이 아닐까. 아니 난 그 벽 안에 있었던 것일까, 아니면 애초부터 밖에 있었던 것일까.

내가 열고 나가자고 했던 것은 반대로 들어오려고 했던 것일지도 모른다.

그리고 도대체 열쇠는 있기나 한 걸까? 그때 마음속에서 울려 나오는 소리가 들렸다.

"물건이 아니니까 보이지 않아요. 추상적인 것, 형이상학적인 것, 환상적인 것, 모두가 될 수 있어요. 자신이 잠가놓은 것을 열 수 있다면 그건 모두 열쇠가 되는 거에요."

나에게 잠겨진 게 있다고? 그건 어릴 때 집 밖에 나서려면 엄마가 어딜 쏘다니느냐고, 매번 길을 잃고 다녀 얼마나 찾아다녔는지 아냐고 타박하던 일이 불쑥 떠오른다. 그것이 내게 트라우마가 된 건가? 꼭 집의 문이나 창이 아닌 '기질' 같은 것에 영향을 주었겠지. 그것들이 하나둘 마음을 움츠리게 만든다면 더 무수히 많은 문들이 앞으로도 생길 수 있다. 하지만 열쇠가 있다면, 내가 만든 자물쇠들이라면 만능키가 되어 다 열어갈 수 있다.

스스로 감당 못할 생각들에 빠지며 스르르 잠이 들었나 보다. 어느새 폐허가 된 도시를 벗어나 한갓진 시골 마을의 싸리문 앞에 서 있다. 닫은 듯, 열린 듯 사립문은 약간의 틈을 두고 비스듬히 걸쳐 있다. 이건 뭐 문이라고 할 수도 없고, 안은 다 들여다보이고, 너무 어설퍼 발로 차면 뒤로 금세 자빠져 버릴 것 같고, 그렇다고 함부로 열고 들어가서는 안 될 것 같은 금단의 막이 보이지 않게 존재할 것 같은. 그 너머에는 초라해 보이지만 정스러워 보이는 초가집이 휑덩그러니 서 있다.

 난 누구를 찾아온 걸까. 이번에는 안으로 들어가려는, 지금까지와는 정반대의 상황이 연출되고 있다. 저 집안에는 누군가가 나를 기다리고 있는 걸까. 아니면 내가 그냥 찾아온 걸까. 너무도 가벼워 보이는 사립문을 열고 마당으로 들어가는 것은 아무 일도 아니다. 그런데 들어간 다음에는, 도로 나올 수 있을까 싶은 의구심이 불현듯 밀려 올라온다. 그 집 안으로 들어간다면, 그렇다면 갇힐 수도 있겠구나 싶은 마음도 나를 불온하게 만든다.

 내가 망설이는 사이 해가 뉘엿뉘엿 져가고 있다. 멀리서 늑대울음 소리가 들려온다. 여기서 하룻밤을 자고 갈까. 설마 귀신이 나를 잡아먹으려 이곳에 집을 지었을 리 만무하지. 어차피 꿈인데. 나는 자각몽(自覺夢)을 꾸는 중이다. 나는 이 꿈의 내용을 조작할 수도 있고 너무 깊이 인식하고 있다. 저 안에 나를 위협하는 것들을 없애고 내가 원하는 평안을 가득 채울 수 있다. 그런데 초가집의 방문이 열리며 모자를 깊이 눌러쓴 소녀가 나온다. 얼핏 초가집 안방에는 금고가 보인다. 고급스러운 자개로 장식된 고풍스러운 금고. 저것을 열 수 있다면 그 안에 무엇이 있을까. 내가 지금까지 이렇게 살아야 했던 실마리? 혹은 감당하지 못할 무서운 비밀? 이것은 내가 자각하지만 생각지도 못한 장면이다. 내가 피하고 싶은 설정. 나를 향해 다가온다. 난 고개를 들어 쳐다보지 못한다. 제어가 안 된다.

엄마는 항상 "막 떠나려는 기차에는 함부로 올라타지 말라고." 말하곤 했다. 내가 철이 들기 이전부터 입버릇처럼 했던 말이다. 그 말의 의미를 알려준 적도 없다. 어쩌다 회한의 감정이 밀려들면 탄식처럼 뱉었던 말일 뿐이라고 생각했다. 돌아보면 다른 식구들과는 다르게 엄마는 늘 내 편이었다. 업무 탓에 잦은 해외 출장을 다닌 아빠는 아예 나를 일찌감치 포기했고, 터울이 컸던 형은 내 증상이 겉으로 드러나기 전에 결혼하고 지방에 터를 잡았으니 나는 눈 밖의 사람이었다. 언젠가는 철이 들겠지. 그건 엄마를 뺀 다른 사람들의 무성의한 처신이었다. 그들이 말하는 '철'이라는 건 뭘까. 소위 '전문의'라는 의사들이 '사회성이 떨어진다. 대인 기피증이 심하다. 자폐 성향이 짙다.' 그런 말들로 나의 소외를 기정사실로 만들어 버렸다.

그런데 이제는 내가 엄마 편이 되어야 하는 건 아닐까 싶은 염려가 든다. 그리고 그녀가 타지 말아야 할 기차는 무엇이었을까 궁금하기도 했다. 그러자 갑자기 시간이 더디 가기 시작했다. 아니 그보다 모든 것이 답답해지기 시작했다는 표현이 맞을 것이다. 그냥 침대에서 뒹구는 것도 지겹고, 의자에 앉아서 멍때리는 것이 한심해졌고, 스마트 폰으로 게임을 하거나 유튜브 보기, 책상 위 데스크톱 모니터로 영화 보는 것도 싫증이 났다. 아, 그러고 보니까 나는 하루에 제대로 하는 일이 하나도 없었구나. 나는 현대사회에서 도태되는 사람 중 하나일 뿐이다.

엄마한테 물어볼까. 왜 그런 말을 뜬금없이 입버릇처럼 했느냐고. 그럼 진지하게 대답해 줄까. 내가 이해할 수 있는 이야기를. 아니, 모른 척 외면할 가능성이 크지. 내가 단 한 번도 엄마에게 진지하게 대한 적이 없으니. 그런 생각이 들자 나만 홀로였던 것이 아니라 엄마도 홀로였다는 것을 깨달았다. 내가 방에 박혀 있으니 하루 세 끼를 챙기기 위해 자신도 집에 갇혀 지낸 것이 아닌가 싶어 처음으로 엄마한테 미안한 마음이 든다. 그때 어느새 끼니때가 되었는지 엄마가 밥상을 문 앞에 놓는 소리가 들렸다. 나는 살짝 열린 문 너머로 엄마에게 말을 걸었다.

"엄마, 나 때문에 힘들지?"

화들짝 놀란 기척이 들리며 내가 무슨 소리를 하는가 귀를 기울이는 듯싶다.

"애가 뭔 소리야. 생전 듣지 못한 소리를 다 하고…."

문을 사이에 둔 채, 나는 말끝을 흐리는 엄마에게 아랑곳하지 않고 궁금했던 것을 물어본다.

"근데 엄마는 왜 떠나는 기차는 함부로 타지 말라고 했어?"

"그거야, 뭐든 서두르면 일을 그르치기 쉬우니까. 인생을 좀 더

느긋하게 멀리 보지 못한 것에 대한 아쉬움 때문일 거야."

"뭐, 급해서 손해 본 것 있어?"

그러자 엄마는 그 자리에 편안히 앉는 듯했다. 그리고 긴 한숨을 쉰다.

"엄마는 말이다. 꿈이 많은 소녀였어. 학창 시절에는 외교관이 되고 싶었고 네 아빠를 만나기 전에는 번듯한 직장을 다니고도 싶었지."

엄마의 꿈? 내가 매일 혼미하게 꾸는 그런 꿈과는 전혀 다른, 이상(理想)을 향한 비전 같은 것?

"굳이 꼭 뭔가를 이루려 하지 않아도 되잖아."

나는 사람들이 미래에 뭘 해내겠다는 것이 강박에 기인한다는 생각이 들어 한마디 했다.

"그럴까? 꿈이 있다고 세상이 바뀌지는 않지만, 꿈이 없다면 아예 바뀔 여지가 없잖니."

잔잔하지만 나를 제어하는 듯한 엄마의 말투는 예전과 다르게 묵직했다.

"그럼 하고 싶은 거 하지 그랬어?"

"그런데 뭐가 급했는지, 콩깍지가 씌었는지, 난 네 아빠를 보자마자 바로 결혼해 버렸어."

"엄마에게는 결혼이 막 떠나는 기차였던 거야?"

"기차는 무슨, 내가 그런 비유에 익숙한 사람도 아니고. 그런 운명에 대해서는 순응할 수 있다고 생각한 거지."

"순응? 그럼 나한테도, 내가 이러는 것에도 순응하며 살고 있는 거야?"

엄마는 잠시 말을 잇지 못했다. 나는 엄마의 입에서 '순응'이라는 단어가 나온 것에 적잖이 놀랐다. 세상을 온통 무시하고 사는 아들에게 더 바라는 것 없이 사는 인생?

"아니야. 기다리는 거야. 내가 잘하는 게 기다리는 거잖아. 난 언제까지라도 기다릴 수 있어."

난 숨이 막혀왔다. 날 위해 기다린다는 것. 자식이 성공해서 어미를 부양하는 것을 기다리는 것이 아니라 언제 밖으로 나올지 모를 아들의 바깥나들이에 대한 기다림?

엄마는 괜한 말을 했다고 생각했는지 말을 끊고 자리에서 일어나는 듯했다. 난 엄마를 붙들고 대화를 이어 나가고 싶었지만 그새 엄마는 주방으로 간 모양이다. 내가 말을 붙이고 싶다면 그저 문을 열고 나가기만 하면 된다. 그런데 의자에 엉덩이가 달라붙었는지 떨어지지 않는다. 그리고 내 시선은 무의식적으로 스마트 폰을 향한다.

'더는 기다리게 할 수 없어.'

나는 눈을 감고 상상의 나래를 펼친다. 서린은 나의 오른손을 잡는다. 나는 손을 곧게 편다. 그녀는 내 손바닥에 열쇠를 놓고 두 손으로 내 손을 꼬옥 감아쥔다. 열쇠를 받았는데 감촉이 없다. 그래 물건 같은 건 아니라고 했잖아. 열쇠로 자물쇠를 여는 것은 손이 아니라 마음이 한다는 것을….

눈을 뜬다. 이제까지 서린에게 주지 않았던 마음. 그걸 주면 돼. 엄마가 아닌 내가 기다리는 것. 서두르지 않고 기다리기만 했던 것. 그것이 무엇이었는지 떠오를 것만 같다. 나를 다그치지 않고 마냥 주위에 머물던 존재. 나의 꿈속에서 꿈꾸듯 기다렸던 모자를 깊게 눌러 쓴 소녀. 허공에서의 목소리. 그녀다. 드디어 누군지 알게 되었다. 겉으로 표현하지 않았지만 애절한 마음으로 나를 만나고 싶어 했던 사람.

서린이다. 나는 그녀를 만나 함께 꿈을 꾸며 금고를 열어야 한다는 강한 충동을 받는다. 나도 모르게 의자에서 벌떡 일어나 문으로 몸을 돌렸다. 열쇠가 있으니 너라면 너른 세상에 다시 나를 서게 해 줄 수 있어.

그래! 문을 열자.

〈중편소설〉

절망이 아닌
희망에 대하여

절망이 아닌 희망에 대하여

얼마나 걸었을까?

어슴푸레 날이 밝는 것을 보니 내가 꽤 걸은 것 같아. 뱃속의 아이는 어떨까? 내가 먹지도 마시지도 못한 만큼 이 아이도 마찬가지일 텐데…. 공연히 집을 나선 건 아닐까? 좀 더 눈치를 봤어야 하는데 너무 서둘러 떠난 게 아닌지 몰라. 하지만 언제 큰일이 닥칠지 모르는데 마냥 집에 처박혀 있으니 이렇게 나선 것에 대한 후회는 없다.

남편과는 한동안 떨어져 지냈다. 그의 체취를 다 잊어버릴 만큼. 그리고 혼자 지낸 시간이 길었던 탓인지 이제는 사소한 일도 감당하기 힘들어졌다. 그런데 기어이 어제처럼 믿어지지 않는 일이 터지다니.

아이를 처음 가졌을 때 얼마나 신기했는지. 어떻게 낳을까를 걱정한 적은 없었고 늘 어떻게 키울까만 생각했는데, 이젠 너를 가진

지도 벌써 6개월이 지났구나. 어떻게 보면 아직도 난 엄마가 될 자격이 없는지 몰라. 세상을 어떻게 살겠다는 분명한 의지나 신념 없이 어느덧 서른을 바라보는 나이가 되어 버렸으니. 아직도 나 자신이 어리다고 느껴지는 내가 한심스럽게 생각된다고나 할까. 아이가 태어나 말을 하고 생각하게 될 때쯤이면 과연 어떨까? 정치니, 경제니 하는 거창한 문젯거리에 시달렸다기보다는 작은 생활비에 묶여 하루하루 살아가는데 만 급급했던 지난 일이 때로 우습기도 하고, 그러다 이제는 이렇게 파국을 맞이하는 어처구니없는 상황에 내가 내던져져 버렸다.

목이 마르다.

내가 걸터앉은 논두렁은 곧게 뻗어 마을 어귀까지 이어져 있고 그 뒤로는 산들이 서로 겹치며 내가 향할 곳이 아득히 먼 곳이라고 일깨워 주고 있다. 몸에서는 어느새 땀이 배어 시큼한 냄새가 난다. 배가 고픈 것은 고사하고 어디서 실컷 잠이나 잤으면. 막상 집을 떠나니 사람의 몸을 추스른다는 게 얼마나 피곤한 일인지 새삼 느낀다. 하지만 어떻게 하든 나는 목적지까지 가야 한다. 오직 이 아이를 위해서라도. 다만 이 생명에게 햇빛을 일순간이라도 보게 해줘야 하는 것이 나의 의무 인양, 나는 당돌한 모험을 나선 것이다.

누군가 날 도와주는 사람이 있었으면. 갈수록 각박해져 가는 세상이라 하지만 지금 같은 상황에서는 나보다 나은 사람의 도움이 내게 절대적이다. 그렇다고 죽음을 생각해보지 않은 것은 아니다. 언제나 남편이 입버릇처럼 내게 말하지 않았던가. 살고 죽는 것은 태어날 때 염라대왕의 장부책에 쓰여 있는 거라고. 나는 처음 그 말에 아연했지만, 지금은 그것을 믿고 있다. 내가 살고 죽는 것도 이미 결정된 운명에 의한 것이라고. 그러나 지금 내가 느끼는 심정은 사실 절망이다. 단지 내가 죽을 때가 아직 도래하지 않았으므로 지금 살아 있고 그때가 올 때까지만이라도 이제는 내 의지대로 행동하고 싶을 뿐이다. 다른 사람들은 어떨까? 다들 나와 같은 생각을 하기는 하나?

씻어야 하는데…. 떠날 때 겨우 작은 배낭에 담을 수 있는 것만 챙겨서 그런지 쓸만한 게 없다. 좀 더 여유 있게 챙겼어도 됐는데 마음만 급해서 오히려 중요한 것은 다 빼먹은 것 같다. 하지만 다급한 상황에서 필요한 것만 챙기라면 과연 어떤 것이 우선 되어야 할까? 그건 사람마다 다르겠지. 그래도 지금은 오직 생존에 필요한 것만 중요하다. 살아남는다는 것에 대해서 진술하지 못하면 지금은 단 몇 시간도 살아 숨쉬기 불가능한 상황이다.

그이는 지금 어떨까? 과연 살아남을 수 있는 여지가 있을까? 아마도 지금쯤 전선(戰線)으로 향하는 차량에 몸을 담고 있을지 몰라. 갑자기 불안감이 몰려온다. 그저 힘들게 걸을 때는 몰랐는데, 날이 밝으면서 후덥지근한 열기가 몸을 감싸는 것 같다. 일단 있는 것으로 요기하고 마을에 가 봐야지.

오늘은 얼마나 갈 수 있을까?

- 2027년 7월 20일. 오전 1시.

북한군은 한국에 대해 전면적인 공격을 감행했다. 전방 군부대에 대한 포격과 후방 주요 군 시설에 대한 특수부대의 공격. 그리고 수도권 북부에 장사정포로 폭격을 가했다. 어느 정도 군사적 도발 징후를 예측한 미국과 국군은 패트리엇과 같은 미사일 요격체계를 가동하여 상당수 미사일을 격추하였다.

한편, 제공권을 장악하기 위하여 휴전선 이북 지역에 상당수의 공군기를 출격하여 사전에 예봉을 꺾는 데 어느 정도 성과를 거두었으며 즉각적인 반격에 돌입했다. 아직은 화학무기나 핵무기를 사용할 만한 움직임은 없으며 전쟁이 어떤 양상으로 발전할지 예측하기 어려운 상황이다.

다만 너무나도 돌발적인 상황이므로 한미 당국자들은 김정은의 지시라기보다 군부 내의 강경파가 쿠데타를 통해 우발적으로 공격한 것으로 추측하고 있다.

한편 전국은 비상 대피령이 발령되고 당국은 민간인들의 피해를 줄이는 데 최대한의 노력을 기울이고 있으나 다소의 소요 사태를 막기에는 역부족이며 정국은 점차 극심한 혼란으로 치닫고 있다.

권호식 상병은 완전군장을 꾸린 상태에서 실탄과 비상식량을 수령하고 늘어서 있는 트럭에 올라탔다. 모두 긴장한 눈빛으로 쳐다보기만 할 뿐 서로 아무 말도 하지 않았다.

전쟁이 터진 것이다.

결코 원하지도, 믿어지지도 않는 실제상황. 자신들이 비로소 그 몫을 다해야 하는 날이 왔지만, 전혀 감회가 일지 않고 오히려 담담하기까지 한 묘한 평정을 느끼면서 서서히 불안으로 옥죄어가는 마음을 다스리며 출동을 기다리고 있었다.

십년양병 일일용병(十年良兵 一日用兵), 십 년 동안 키운 병사를 하루 전쟁에 쓰고 만다는 말이다. 군인은 하루 제사를 위해 키우는 돼지라고 했던가. 권호식은 자신이 그런 미천한 존재로 전락했다는 사실이 못내 서글펐다. 그리고 이럴 수밖에 없는 이 땅의 현실에 대해 비참함을 느꼈다. 그리고 이제 임신 6개월의 몸으로 자신을 기다리는 아내에 대한 걱정이 그의 마음을 어지럽혔다.

어느새 트럭들은 매캐한 배기가스를 뿜으며 위병소를 통과하였고, 전황에 대한 설명을 들을 새도 없이 그들은 접전 지역으로 향했다. 어디선가 간헐적인 포성이 들리고 서서히 사위는 밝아 오고 있었다. 머리 위로는 편대를 형성한 FA-50 경공격기가 저공으로 굉음을 가르며 지나갔고 비상 도로로 들어서는지 차체의 심한 요동이 그대로 느껴졌다. 적재함 후미에 자리 잡은 소대장은 계속 무전기로 큰소리로 뭔가를 보고하는 듯했고 상기된 그의 표정에서 권호식은 비로소 전쟁의 얼굴을 확인하였다. 그나마 자신이 알고 있는 것. 전쟁이 발발한 시각을 따져 보니 지금쯤이면 전방의 지뢰밭에 대한 융단 포격이 마무리되며 북한군의 공격로가 열려 그들은 6·25때처럼 전차를 앞세우고 지상으로의 진격을 개시할 것이다.

그렇다 하더라도 동부 산악지대에 있는 자신들은 상당한 방어력을 유지할 수 있다. 다만 재래식 무기에 의해 이 전쟁이 치러질지, 아니면 걸프전처럼 화학무기나 생물무기를 저들이 사용할지가 큰 변수가 되리라고 그는 생각했다. 일단 전방사단에서 저들의 공격을 어느 정도는 막아내겠지만 지원 병력이 투입될 때쯤이면 본격적인 북한군의 주공이 행동을 개시할 때이므로 자신들이 전선에 도착할 때가 되면 이 전쟁의 양상이 판가름 날 것이라는 것을 권호식은 예상해 보았다. 하지만 이번 전쟁에서 어느 쪽이 이기든 그것이 무슨 상관이란 말인가? 어차피 엄청난 파괴가 자행될 것이며 많은 이들이 죽어 갈 것이다. 한국과 북한이라는 어느 한 국가의 종말은 고사하고 우리 민족 자체의 생존이 위협받는 절망적인 상황이 오고 말 것이라는 생각이 다시금 아내를 걱정하는 그의 의식을 무기력하게 만들었다. 전선으로 향하는 그에게 불현듯 어떤 노래 가사가 떠올랐다.

"얼마나 많은 포탄을 쏘아야만 이 땅에 진정한 평화가 오는가요."

어렵사리 빈집을 골라 일단 필요한 것이 없나를 찾아보기로 했다. 제법 살림이 갖추어진 상태라 주인이 피난을 간 건지 잠시 집을 비운 건지 알 수가 없다. 그래도 나는 간단히 몸을 씻고 잠시 눈을 붙이기로 했다. 어차피 전쟁인걸. 그 이름으로라면 이 정도는 아무것도 아니라는 생각뿐이다. 하지만 비행기의 소리나 멀리서 들리는 포성을 빼면 아무래도 전쟁이라는 실감은 전혀 나질 않는다. 대전에 있는 친정으로의 발길을 뗀 것은 잘한 일인지…. 그냥 민방위본부에서 지정한 대피소로 가는 것이 더 나았을지도 모르겠지만 이건 모두 아이를 위해 내린 판단이므로 어쨌든 나는 그곳까지 걸어서 갈 것이다. 하지만 모든 통신시설이 마비된 상태이므로 친정 식구들에게는 미처 알리지 못했다.

나는 적당한 방의 한구석에 남아 있는 이불로 자리를 만들었다. 그때 문 쪽에서 인기척 소리가 들렸고 사람이 들어온다는 생각에 두려움이 들었다. 어떻게 할까? 그러나 그런 생각으로 멈칫거리는 동안 내가 있는 방문이 벌컥 열렸다. 나는 놀라 눈을 동그랗게 뜨고 누가 들어왔는가를 바라만 볼 뿐 어쩌지 못하고 있는데 상대도 같이 놀란 듯 그대로 멈추어 섰다.

그런데 문을 연 사람은 이제 열여섯 정도로밖에 보이지 않은 남학생이었다. 짧은 머리에 몸에 딱 붙는 티셔츠를 입고 있었다. 힙합 스타일의 청바지에 귀에는 귀고리를 걸어 한눈에 멋대로 가출이나 일삼는 그런 녀석으로밖에 보이지 않았다. 하지만 나는 무서운 생각이 들었다. 아무도 없는 집에서 단둘이 있다는 것. 나를 어떻게 한다 해도 저 녀석은 양심의 가책을 느끼지 않을 것이 뻔했다. 마치 내가 사소한 범법에 전쟁이라는 당위를 갖다 붙였듯이.

"뭘 그렇게 뻔히 보세요?"

그 아이는 야릇한 미소를 지으며 먼저 말을 건넸다. 나는 난감한 마음에 침착을 유지해야 한다는 말만 자신에게 되풀이하며 과연 날 어떻게 볼까 생각해 보았다. 하지만 그가 무슨 짓을 저지를지 알 수 없어 불안감이 몰려왔다. 내가 머뭇거리자 그는 재미있다는 듯이 웃으며 말을 이었다.

"제가 걱정되시나 봐요. 신경 쓰지 마세요. 대책 없다는 말은 많이 들었어도 아주 막돼먹은 놈은 아니니까. 마음 놓으세요."

"그래…. 뭐 걱정이라기보다는…. 그런데 밖은 어때?"

난 그렇게 말하는 그가 동생 같다는 생각이 들면서 마음이 다소 놓였다. 아마 그도 나처럼 잠시 쉬려 이곳으로 들어온 듯했다. 그러자 밖의 사태가 어떻게 돌아가는지 궁금해졌다.

"벌써 야단이에요. 큰길은 경찰들이 깔려서 통제하기 시작했고…. 피난하겠다는 사람들이 늘어서 그런지 이제는 일일이 검문하고 있어요."

"그럼 그 자리에서 죽으라는 건가? 난 가야 할 데가 있는데…."

"꼭 가야 한다면 야산을 넘어가세요. 거기 까진 지키지 않으니까요."

"넌?"

"나도 가야 할 데가 있지만. 사실 어제 폭격 때 집이 박살 나고, 그리고 아버지가…."

그는 말을 잊지 못하고 눈에 눈물이 고이자 고개를 돌렸다. 아마 그 폭격에 아버지가 돌아가신 게 분명했고 내게는 약한 모습을 보이고 싶지 않은 듯했다.

"자원입대하러 가는 길이죠. 이제는 먹을 것도 없고, 그리고 이러다 죽을 게 뻔한데 총이라도 한 방 쏘고 죽어야죠."

이내 웃음기를 머금으며 둘러대듯 말하고 있지만, 그의 눈에는 결연한 무엇이 빛나 보인다. 나는 이 아이가 나보다 어른스럽게 느껴졌다. 처음 보았을 때와는 너무도 다른 모습이다. 그는 아버지의 복수를 생각하는 걸까? 아니면 단순한 치기에서 저러는 걸까? 그보다 나는 그가 우리를 지켜주기 위해 총을 잡으러 간다고 믿고 싶다. 하지만 총을 든 자를 막으러 총을 들어야 한다는 역설이 언제까지 우리에게 당연한 논리로 받아들여져야 하나? 난 다시금 그의 얼굴을 뜯어본다. 요란한 치장을 걷으면 순진하게까지 보이는 눈망울. 교복을 입혀 놓으면 그는 늠름한 학도병의 모습으로 탈바꿈하겠지. 그래서 눈을 약간 가늘게 뜨고 바라보았다. 그대로 그 모습을 흑백의 빛바랜 사진으로 투영하니, 언젠가 4.19기념관에서 보았던 어떤 위패의 주인공 사진 같아 보이기도 하고.

하지만 이 아이가 전장(戰場)으로 나가서 살아 돌아온다고 누가 보장할 것인가? 내가 우연히 이 아이를 만났기에 걱정해야 할 또 한 사람을 만든 건 아닐까….

"뭘 그렇게 유심히 보세요? 쑥스럽게…. 그보다 아주머닌 어딜 가세요?"

"난…. 사실 대전에 있는 친정으로 가는 길이야. 이 아이를 꼭 낳고 싶어서."

"아이요? 아. 그러고 보니 배가 불러 보이는군요. 그런데 그 몸으로 어떻게 대전까지…."

"모르겠어. 사실은 자신이 없거든. 하지만 가야 해. 이건 날 위한 게 아니야."

"아빠는요?"

"애 아빠는 지금 군 복무 중이야. 대학원을 마치느라 좀 늦었어."

"그럼 지금 전투 중인지도 모르겠네?"

그는 역시 어린 티를 벗지 못하고 내 걱정은 안중에도 없이 신이 난 듯했다. 그가 환하게 웃는 모습을 보자 난 가슴이 철렁 내려앉는 걸 느낀다. 그이는 무사할 수 있을까?

"이름이 어떻게 되세요? 만나면 안부 전해 줄게요."

그는 군부대가 무슨 동네쯤 되는지 아는가 보다. 지난번 면회 땐 뻔한 길을 찾아가는 것도 만만치 않았는데….

"권호식이야. 계급은 상병이고. 하지만 만나기 쉽지 않을 거야."

내 말을 곧 이해했는지 그는 내심 조용해졌다. 우리 두 사람 사이엔 갑자기 침묵이 흐른다. 언제부턴가 포성은 들리지 않고 비행기 소리만 그 주기가 더욱 빨라진 느낌이다. 말이 잠깐 끊기니 무더위가 느껴진다. 그리고 다시 갈증이….

"사실. 두려워요. 정말 영화같이 그런 전쟁 같을까요?"

"내가 뭘 알겠니. 그저 살겠다고 발버둥치는 것뿐인데."

"전에는 모든 게 불만투성이였는데 이제는 그게 그리워요. 아버지가 있다는 것이 없다는 것보다 낫다는 것도 느끼고요. 정상적이라는 것이 다소 지겹기는 해도 소중하다는 걸 이제 알 것 같아요."

그래. 그 말이 바로 평화가 소중하다는 말과 같은 거지. 없는 듯해도 반드시 있어야 하는 것. 그걸 이토록 절망적인 상황에서 배우다니 우린 모두 한심하구나. 그러나 그렇게 중요한 평화가 결코 영원히 지속될 수 없다는 것을 난 알고 있다. 유사 이래 지구상에서 단 한 순간이라도 모든 전쟁이 멈춘 시각은 없다고 할 정도니까. 우리가 우크라이나 전쟁이나 이스라엘과 하마스 간의 전쟁을 강 건너 불구경하듯이, 다른 평화로운 곳에 사는 이들도 우리의 불행을 뉴스거리 정도로 여기겠지.

그때 그는 벌떡 일어났다. 어느새 결심을 굳힌 모양이다.

"갈게요. 더 있다가는 마음이 약해지겠어요. 군부대가 가까우니까 가서 사정해 봐야죠."

그는 정갈스럽게 인사치레하곤 떠난다. 나는 그새 정이 들었는지 그를 따라 대문까지 나가 그의 뒷모습을 한참이나 쳐다보았다. 꼭 살아남으렴. 그 말을 정작 나 자신에게 던지듯 나는 혼잣말을 한다. 잠은 달아났다. 다시 집안을 뒤져 쓸 만한 것을 챙겨야겠다. 산을 넘어야 하니까. 무슨 일이 있어도 난 살아남아야 하니까.

전쟁은 잠시 소강상태인지 조용했다. 권호식이 배속된 소대는 곧바로 2차 방어선에 배치되었다. 두 산등성이가 만나는 안부의 중간에 조별로 참호를 파고 비상 도로를 차단하는 임무를 부여받았다. 북한군의 포격이 잠시 멈춘 틈을 타서 최전방의 방어를 맡고 극심한 피해를 본 잔여 병력이 일단 철수할 시간을 주기 위해 저지선을 구축한 것이다. 해거름녘이 되자 선선한 바람이 불어와 잔뜩 긴장한 병사들을 달래는 것 같았고 어디선가 비린내가 풍겨온다고 권호식은 생각했다. 얼마 후면 이곳도 잿더미가 되겠지…. 그는 몇 번이고 확인한 자신의 탄창을 꺼내 보았다. 탐스럽게 빛나는 황금빛 탄환이 가지런히 탄창의 깊은 곳까지 가득 차 보였다. 이제 이것으로 사람을 죽인다. 몇십 번, 아니 몇백 번을 자신은 사람 죽이는 연습을 했던가. 상병이라는 검은 세 개의 줄을 계급장에 덧붙이기 위해서. 그리고 사냥꾼의 총과 군인의 총에 대한 차이점을 공연히 떠올렸다.

사냥꾼의 총은 사람이 아닌 것을 쏘기 위해 만든 것이지만 군인의 총은 오직 사람만을 쏘기 위해 만들었다는 것을. 그리고 이 차가운 총구로 자신처럼 뜨거운 심장을 가진 젊은이를 쏘아야 한다니…. 하긴 미국의 남북전쟁 당시엔 17발당 한 명 꼴로 사람이 죽었다지만 월남전 때는 3만 발당 한 명 꼴로 죽었다니 갈수록 탄환의 소모성도 커 가지만, 그럼에도 지구상에 인류를 전멸시킬 만한 3만 배 이상의 탄환이 충분히 있다는 것을 그는 생각했다.

그때, 멀리서 포성이 다시 이어지며 점점 커지는 걸 알 수 있었다. 함께 조를 이룬 이석재 일병이 쉬지 않고 K2소총을 조작하며 혼잣말인 듯 뭐라 중얼거렸다.

그는 눈을 감았다. 아내의 얼굴을 한 번이라도 더 떠올리기 위해서. 하지만 생각을 집중할수록 그녀의 얼굴은 자꾸만 흐려지고 어디선가 어머니의 모습이 선명히 보이기 시작했다. 그제야 자신이 어머니에게 못한 것이 너무도 많다는 걸 느끼며 울컥 울음을 터트리고 싶은 충동에 빠졌다. 하지만 하급자 앞에서 선임자인 자신이 어떻게 목놓아 울 수 있단 말인가. 그는 어차피 전쟁을 겪는 마당에는 같은 새내기일 수도 있다는 생각에 어이없는 웃음이 나올 뻔했다. 죽으면 매사가 그만인데 왜 이토록 심란해지는지 그는 일순 짜증이 났다. 눈을 떴다. 어둠이 깔리자 눈앞의 능선 너머로 포성과 함께 환한 빛이 작렬하기 시작했다. 아군의 포격이다. 그렇다면 이제 북한군이 저 산을 넘어온다는 뜻인데. 그 순간 앞의 진지에서 사격을 개시하는 소리가 들렸다. 일제히 불을 뿜으며 날아가는 예광탄의 불빛들. 그리고 머리 위로 터지는 조명탄과 포탄의 현란한 섬광. 그러자 문득 그는 2차대전 때 동경대 공습이 단행되던 당시 일본이 수필가이며 변사였던 도구가와 무세이가 폭격을 목격하며 남긴 글의 일부가 떠올랐다.

"장관! 미관! 처절한 아름다움…."

극(極)은 서로 통한다고 했던가. 그는 온몸에서 묘한 흥분을 느끼며 소총을 꼬나 잡았다. 그래, 한판 벌이는 거야. 어서 덤벼라. 이 자식늘아.

그는 살인을 앞두고 망설이던 자신이 어디로 사라졌는지를 생각할 겨를도 없이 호전적인 기질이 발동되는 것을 즐기는 듯했다. 이미 포탄이 눈앞에서 터지기 시작하고 흙먼지가 그들을 덮쳤다. 멀리서 AH-64 아파치 헬기가 대기를 가로지르는 간헐적인 소리가 들리고 폭음은 더 이상 그들의 고막을 자극하지 못할 정도로 온통 굉음에 휩싸여 버렸다.

한반도가 다시금 단말마를 지르는 것이다.

어느새 자신들에게도 사격명령이 떨어진 것인지, 누가 오발한 소리에 사격이 개시됐는지 모르게 양편의 참호에서 자동사격이 개시됐다. 권호식은 자신도 사격하려다 옆에서 사격이 되지 않아 계속 노리쇠전진기를 두드리며 탄환이 빠지는 데도 장전 손잡이를 연신 당기는 이 일병을 보고 그의 소총을 끌어당겼다. 그는 두 눈을 동그랗게 뜨고 빤히 그를 쳐다볼 뿐 아무 말도 하지 못했다. 아니 아무 말도 할 수 없다는 표정이었다. 권호식은 그래도 자신이 선임이라는 안도감을 느끼며 안전장치를 풀지 않은 것을 눈치채고 조작 레버를 자동으로 전환해 그에게 건넸다. 그리고 자신이 시범을 보일 양 아직은 마땅한 표적이 없음에도 앞을 향해 한바탕 긁어 댔다. 이 일병은 움찔 놀라는 기색이었으나 이내 신나게 사격을 퍼부었다. 이 일병이 당황한 것을 그가 먼저 보아서인지 그는 내심 평정을 찾은 듯했다. 그리고 모든 동작이 슬로비디오를 보는 것처럼 느릿하게 보였다. 심지어 포격 때문에 파편이 날아가는 것조차도.

이러다가 뭐가 남겠는가? 부정과 비리가 난무하고 부실 공사와 부조리가 판을 치던 한국은 그보다 이렇게 간단히 끝장나는 길이 미리 운명처럼 정해졌던 것인가. 그러자 정말 우스운 건 청문회였고 개혁이었고 정권교체라는 단어들이라고 그는 생각했다. 그건 모두가 말짱 쇼에 지나지 않았던 거지. 안보정국이다. 경제위기라며 엄살을 피웠던 것도 막상 전쟁이 터지니 어릿광대 같은 몸짓에 불과했다. 이제는 모든 걸 쓸어갈 텐데, 그리고 그는 아내나 앞으로 태어날 2세에 대해 어떠한 보장도 해 주지 못하는 자신이 부끄럽다는 걸 뼈저리게 느끼고 있었다.

"권 상병님! 저 앞에."

잠시 멍청해진 것일까? 이 와중에 상념에 잠길 게 뭐가 있다고. 그는 이 일병이 가리키는 전방으로 급히 시선을 던졌다. 분명치는 않지만, 조명탄과 다른 광원에 대하여 반들거리는 몇몇 피사체가 움직이고 있다. 거리는 300미터 남짓. 그것은 분명 북한군의 철모임이 틀림없었다. 조금만 더 다가온다면 유효사거리에 들어올 것이다. 그렇다면 과연 정조준하여 명중시킬 수 있을까? 그럼 살인이 되는데…. 물론 야간사격이라 쉽게 맞출 수는 없겠지. 부질없는 생각이다. 다시금 겨드랑이 밑에 눅눅한 땀이 고이는 걸 느끼며 깔깔한 입 안으로 침을 넘겼다. 아직 전차가 보이지 않는 걸 보면 저들은 아군의 지뢰밭과 부비트랩을 제거하기 위한 전투 공병쯤이나 될 것 같은데. 그리고 시간은 왜 이렇게 더디기만 한 걸까….

권호식은 순간 심한 갈증을 느꼈다. 해갈될 수 없는 목마름. 언제나 되어야 이 묵은 민족의 고통이 해소되려나? 이대로 정말 끝장을 봐야 한단 말인가?

그는 전투에 임하고 있는 자신을 망각한 양 망연히 시선을 머나먼 하늘로 던져보았다.

기가 막혔다. 그렇게 무지막지한 사람들이라니…. 산등성이를 간신히 넘어 새우잠을 청하는데 난데없이 나타난 몇몇 사람들이 내 짐을 훔쳐 갔다. 어차피 나도 아까 그 집에서 상당수를 가져온 것이라 크게 아쉬울 건 없지만, 사람이 있고 없는 차이를 무시할 수 없는 것이 아닌가? 그래도 날 해치지 않는 것을 그나마 고마워해야 하는 건지. 남은 건 머리맡에 베고 잔 물통과 깔고 잔 옷가지가 전부이다. 한여름이라지만 새벽녘이 되니까 으스스한 한기를 느낀다. 조금은 주위가 보일 듯하니 그냥 떠나야 할 것 같다. 내게는 그래도 출발할 때 목에 걸고 온 나침반이 있다. 싸구려지만 열쇠고리에 동그랗게 달린 나침만, 집안에 나침반이라고는 그것밖에 없었고 그나마 이것이라도 있으니 나는 의지할 게 있긴 하다. 나는 길이라고 생각되는 곳을 따라 남으로 방향을 잡고 걸어간다. 벌써 다리에 알이 밴 건지. 이렇게 쉬면서 걷는다면 언제나 되어야 대전에 도착할까? 언젠가 들으니 현대전에는 전후방이 없다는데 기껏 그곳에 가도 폐허만 남아있으면 어떡하지? 그래도 나는 이 아이를 낳아야 하나? 내리막길이라 걷기는 편한데 좀 더 날이 밝기를 기다렸다가 움직일 걸 그랬나? 나는 이런저런 생각을 하다가 날이 완전히 밝은 것을 알았다.

눈앞에서 추레한 옷차림의 노인이 땔감으로 쓸 나무를 모으는 모습이 보인다. 나는 길을 잃은 것 같았기에 불안한 마음으로 그에게로 다가갔다. 벌써 여러 사람을 보았는지 그는 아무렇지도 않게 나를 시큰둥한 표정으로 쳐다볼 뿐이다.

"할아버지. 여기가 어디쯤이에요?"

"여기? 마장이라고 하는데."

"마장이라니요?"

"용인이라고 해야 알아듣겠구먼."

"용인이라면…. 그렇다면 대전까지는 아직 한참이겠네요."

나는 일단 맥이 풀리는 걸 느끼며 그 자리에 주저앉았다. 분당에서 기껏 걸어서 여기까지밖에 못 왔다니. 그보다 길이나 제대로 찾았는지 모르겠다. 일단 노인이지만, 사람을 만나니 마음이 놓이는 것 같다.

"그런데 댁도 피난길에 오르는 모양이지?"

"네. 대전에 있는 친정으로 가는 길이에요."

"그래. 벌써 여럿 지나가더구먼. 큰길은 못 다니게 한다면서?"

"그렇다고 들었어요. 그런데 피난 가지 않는 사람들도 많은 모양이죠?"

"나야 이제 다 늙어 어쩌겠나? 살아서 다시 전쟁을 겪어야 한다니…."

그는 어릴 때 한국전쟁을 겪었을 것이 분명했고 그 악몽이 다시 살아난다는 게 몹시도 괴로워 보였다. 일생에 두 번이나 전쟁을 겪는다는 것은…. 그리고 살아남은 그에게 다시금 닥칠 불행은 과연 어떤 것일까? 나는 어딘지 깊은 상흔이 베인 그의 얼굴에서 알 수 없는 연민을 느낀다. 하지만 깡마른 체구임에도 강직해 보이는 면모가 있어 함부로 대할 위인이 아니라는 중압감을 느끼기도 한다. 이 사람은 어떤 이력을 지닌 양반일까? 그는 바지춤에서 담뱃갑을 꺼내 한 개비 뽑아 문다. 난 이 와중에도 '저 연기가 아이에게 해롭지 않을까?' 걱정하며 고개를 살짝 돌려본다. 노인은 나뭇등걸에 걸터앉았더니 먼 산을 바라보고 말을 꺼낸다.

"이젠 죽는 게 두렵지는 않아. 어차피 살 만큼 살았으니까. 하지만 자식놈보다는 어린 손주 놈들이 더 마음에 걸리네 그려. 그 아이들이 무슨 죄가 있다고. 우리 땐 그래도 못 배우고 그저 세상 사는 게 다 그러려니 하며 살았지만, 요즘 애들이 어디 그런가. 세상 물정을 나보다도 더 꿰고 사는 것 같은데 전쟁통에 모든 게 다 없어지고 만다면 얼마나 허망한 일인가."

노인은 나보다 다른 누군가에게 말하듯 혼자 떠드는 것 같았다. 나는 내 아이에게도 해당하는 말 같아 슬며시 내 배를 쓸어 본다. 그리고 나도 모르게 그 말을 받아 한마디를 던졌다.

"그렇게요. 이제 다 끝장난 거죠. 우린 망할 거고요. 설혹 살아남더라도 잿더미에서 무엇을 하겠어요. 두 번이나 민족끼리 싸움질해야 한다면 우린 싹 없어지는 게 나아요."

그건 아무 생각 없이 푸념 삼아 해본 말이었다. 그런데 노인은 더럭 화를 내며 언성을 높였다.

"그거 무슨 망발인가! 보니 아이도 가진 임산부 같은데 생각이 그리해서 어쩌려고 그러나? 망하다니? 그래서 우리가 전쟁을 겪으면 망해 없어지는 종자들이라고 생각한단 말인가? 우리가 어떻게 이 나라를 다시 세웠는데. 그리고 설령 깡그리 불타고 부서진다 한들 너희가 이 나라를 다시 세울 힘이 정작 없단 말인가?"

노인은 그새 핏발이 선 눈망울로 나를 무섭게 쏘아보았다. 나는 지레 겁에 질린 표정으로 더듬거렸다.

"할아버지. 너무 역정 내지 마세요. 전 아무 생각 없이 그런 거예요. 사실은 이 뱃속의 아이를 낳으려 친정으로 가는 길인데, 저도 살아남아 제 몫을 다할 거란 말이에요."

나는 그가 노약하여 아무 욕심도 없을 것 같아 편하게 한마디 넌진 것뿐이었다. 그러나 과민반응인지 모를 노인의 말에 나도 모르게 내 몫을 다하겠다고 답변한 것에 대해 스스로 아연했다. 내가 할 내 몫이라는 것. 그건 단순히 아이에게 햇빛을 보이겠다는 것과는 다른 차원의 것이어야 한다. 그러는 사이에 노인은 진정이 되었는지 다시 찬찬히 담배를 피우며 말했다.

"그런가. 그래도 말이란 함부로 하는 게 아니야. 뱃속의 아이도 다 듣고 있어. 때론 말이 생각을 바꾸는 경우가 더 많다는 걸 명심해야지. 난 여태껏 별 볼일 없이 살았지만, 이 땅에 태어난 걸 단 한 번도 후회한 적은 없네. 내 자식들도 다 서울 가서 저 살겠다고 정신이 없지만 언젠가는 자신들이 어떤 존재인지를 깨닫는 날이 온다고 믿어. 물론 전쟁은 많은 걸 앗아가겠지. 그러나 그런 것들은 피상적인 것에 불과해. 차라리 그런 어려움을 겪어야 더 소중한 것이 무엇인지를 알게 되는 거야."

노인에게 초연한 모습이 보이면서도 어딘가 슬픈 구석도 엿보인다. 그건 저런 말을 하면서도 분명 자식에 대한 걱정이 앞서는 까닭이겠지. 나는 뻔한 연설이다 싶으면서도 꼿꼿한 자세로 강변하듯 말하는 그 모습에서 강한 인상을 받는다. 그리고 어떤 설득력이, 다시 말해서 내가 반드시 살아야 한다는 본능을 충분히 자극했다고 생각한다. 나는 그 할아버지가 연약해 보이면서도 강한 힘을 뿜어낸다고 느낀다. 아직은 실망할 때가 아니라는, 어떤 사람들은 전쟁이 나면 남의 물건을 함부로 훔치기도 하지만, 이런 어르신이 남아 있다면 우리가 좀 더 버틸 수 있다고 생각한다.

난 땀에 절어 들러붙은 머릿결을 쓸어 올리며 일어나야겠다고 생각했다. 또다시 어디선가 포성이 은은히 들리고 이제 그 소리도 어느덧 고요에 더해진 일상의 소리가 되었다. 난 전쟁이 터진 나라에 살지만, 아직 포탄이 터지는 걸 구경도 못 했으니 이런 생고생을 하는 것은 전쟁영화를 한편, 보는 것보다도 더 전쟁에 대한 실감을 느낄 수 없을 것이다. 하지만 곧 뭔가가 닥치겠지…. 내가 일어서자 노인은 친절히 길을 가르쳐 주고 당부의 말을 덧붙였다.

"어느 댁인지는 모르겠지만 부디 몸 성히 잘 가기를 바라네. 난 살면서 험한 꼴을 많이 봤지만, 우리가 살아남아 이렇게 더 많은 걸 이루는 모습도 보았지. 우리는 절대 망하지 않아. 두려운 것이 있다면 단지 마음먹기 나름이야. 반드시 이겨내고 그 아이가 태어나거든 지금 겪은 일을 이야기해 줘. 그럼 잘 가게나."

나는 말 없이 공손히 인사를 했다. 우리에게 정작 필요한 것은 스스로에 대한 믿음이 아닐까. 언제부턴가 정치냉소주의가 판을 치고 경제가 힘들어지고 부도가 일상처럼 사람들 입에 오르내리면서, 우리는 너무나 쉽게 자신감을 잃어가며 모든 것을 위정자의 탓으로만 돌리려고 했다. 하지만 전쟁조차도 앗아갈 수 없는 게 있다는 어르신의 말처럼 뻔한 말인 줄은 알지만, 어떡하든 이 아이가 태어나면 들려주고 싶은 몇 가지 이야기가 내 머리에 새겨지는 것을 안다. 비록 먹을 것은 없지만 가슴에 담아 둘 이야기가 남아 있다는 것을 느끼며, 다시 남으로 방향을 잡고 걷기 시작했다. 허기가 오고 배가 다소 아파지기는 하지만….

- 7월 21일이 되자 북한군의 공세는 뜸해졌다. 그들은 상당한 물량으로 집요하게 공격을 퍼부었지만, 2차 방어선을 공략하지 못했

다. 오키나와 제7함대에서 발진한 수백 대의 공군력에 의해서 엄청난 타격을 입은 북한군은 동부전선에서 1차 방어선을 돌파하는 데 그쳤다. 그것은 마치 제2의 걸프전과도 같은 양상이었다. 반면 서부전선에서는 확실한 주력 세력을 집중하여 의정부까지 남하하는 데 성공했으나 초반에 제공권을 빼앗기며 북한은 이미 후방 깊숙이까지 미국 공군에 의한 폭격을 당하고 있었고 자신들의 방공망도 제대로 가동되지 못하는 취약성을 보였다. 한미 연합군은 되도록 제한적 공격을 가함으로써 북한의 화학무기 사용을 억제하려 애쓰는 한편 중국과 러시아와의 외교적 채널을 통해 북한과의 연계적인 군사행동을 사전에 차단하였다. 공식적으로는 북한이 사전에 중국이나 러시아와 사전 조율을 한 바 없이 우발적으로 저지른 행위가 분명했다. 정부는 대전으로 행정부를 옮기고 체제의 유지에 전력을 다하며 미국과의 공조를 강화했다. 또한 일본은 자위권을 발동하며 이지스 함대를 동해에 급파할 것을 유엔에 요청했다. 유엔은 북한의 공격을 전면 중지할 것을 촉구하며 그렇지 않으면 평화유지군의 발동을 경고했다.

해가 밝자 자욱한 포연이 안개처럼 산정을 덮고 있었다. 권호식은 한숨도 자지 못한 채 뜬눈으로 밤을 새웠고 잠시의 고요가 깔리자 그제야 피로가 엄습했다. 이석재 일병은 그 와중에도 곯아떨어겨 잠이 들었고 자도록 내버려 두었다. 자신은 어제 어깨에 심한 상처를 입었다. 포탄의 파편이 관통하고 지나간 것이다. 처음엔 아픈 줄도 모르다가 군복이 피에 흥건히 젖어 가는 걸 보며 자신의 부상을 알았고 죽을 뻔했다는 위기감이 몰려왔다. 겨우 휴대한 지혈대를 이용하여 출혈은 막았지만 욱신거리는 통증이 내내 그를 괴롭혔다. 그리고 주위의 피해는 생각보다 컸다. 순찰하는 분대장에 의해 들은 바로는 이미 소대장과 소대원의 반 이상이 전사했다. 그들이 누구인지를 확인하기에 그는 두려웠다. 그리고 지금까지의 공세는 다분히 예비적인 것이고 본격적인 공격이 감행되리라는 수군거림이 어디선가 들려 오기 시작했다.

  권호식은 전투식량으로 받은 건빵을 씹었다. 거칠고 메마른 빵부스러기가 입안을 맴돌았다. 손엔 온통 자신의 혈흔이 검붉게 물들어 있었으며 어깨를 다친 왼쪽 손은 이미 감각이 없었다. 주위의 모든 삼림은 일순에 황폐해졌다. 아름답던 자연이 무참히 짓밟히는 현장을 목격하고 나니 자신의 목숨도 부질없어졌다. 저만치 전우들의 주검이 널려있었고, 간밤에 상당히 근접한 북한군은 소총 사격으로 사살했다기보다는 크레모아에 걸렸다고 보는 게 옳았다. 권호식은 자신이 군인이면서 주검을 처음 보았다는 사실이 사뭇 흥미롭다고까지 생각해 보았다. 그래, 이렇게 시작하는 거지. 전쟁이라는 게 별건가. 그는 전투에 길이 든 사람처럼 우쭐거리며 한편으로 그런 자신에게 놀라고 있었다. 어차피 간밤의 전투에서 살아남은 것도 행운이라고밖에 말할 수 없었다. 적의 포구가 단 몇 밀리만 틀어졌어도 포탄이 이 참호 안으로 곧장 날아들어 올 수도 있었을 테니까…. 그것으로 인간의 모든 운명을 결정짓는다는 게 얼마나 어이없는 일인가? 권호식은 그런 생각들을 꿰맞추며 자신이 그런 상상을 즐긴다는 야릇한 기분을 맛보았다. 그러는 동안 이석재 일병이 깨어났는지 어느새 자신에게 담배를 건네고 있었다.

"이 일병. 나 담배 안 피우잖아. 그보다 물 가진 거 있어?"

그 말을 하면서도 갑자기 담배가 당기는 걸 느꼈다. 그런 그의 마음을 읽었는지 이 일병은 고개를 저으면서 물이 없다는 의사를 표시하면서도 내민 손을 거두지 않았다. 그의 표정에서 미소를 찾고선 자신도 웃으며 담배를 받아 한 모금 빨았다. 목이 따끔거리며 머릿속으로 현기증이 몰려들었다. 참으로 오랜만에 피워보는 담배였다. 마음이 편해지며 그는 참호에 기대어 하늘을 보았다. 검은 연기가 풀어져 흩어지는 저편은 그래도 아직 맑은 빛을 잃지는 않았다. 무언가 자신을 붙들만한 간절한 대상을 떠올리고 싶었으나 담배의 효과 때문인지 뜻대로 되지 않았다. 아이의 얼굴은 어떨까? 갑자기 모든 게 정상이었다면 자신이 얼마 후 평범한 아빠가 되는 데 성공할 수 있었을 것이라는 아쉬운 생각이 간절하게 들었다. 그때 그의 시야를 분대장의 얼굴이 덮었다.

"권 상병. 뭐해? 실탄이나 배급 받아."

그는 오히려 무안을 당한 사람의 표정으로 실탄과 수류탄을 받아 들었다. 그러자 이 일병이 불만 어린 투로 한마디 뱉었다.

"참! 권 상병님은 중상을 입은 환자인데다가 곧 애 아빠가 될 사람인데 후송 안 시키나요?"

그러자 분대장은 어이없다는 듯 으쓱거리며 말을 받았다.

"야. 인마! 여기 부상자 아닌 놈이 어딨어? 그리고 여기가 뚫리면 끝장이야. 후방의 가족들이 살아남겠냐고. 그리고 우린 모두 여기서 끝장 보게 생겼으니 희망은 아예 버려. 어제 소대장님은 시체도 없이 다 날라갔다구."

거기까지 말하고 분대장은 고개를 돌리며 다음 참호로 가버렸다. 이 일병은 그래도 씩씩거리며 뭐라 혼잣말을 지껄이기 시작했고, 권호식은 여기가 자신의 무덤이 되리라고 생각하자 마음이 차분해졌다. 명당자리가 따로 있나. 풍수지리는 잘 모르지만 이렇게 전망이 좋은 자리라면 어떤 지관인들 마다할 것인가. 그는 모든 것을 잊어야 한다고 생각했다. 그저 기계처럼, 그리고 주인에게 충성하는 동물처럼 주어진 명령에 따라 움직이기만 하면 된다고 생각했다.

그는 다시 참호에 몸을 기대고 눈을 감았다. 잠시의 시간은 있겠지. 살아온 지난날을 조금이라도 회고할 수 있는 시간이. 아마 첫발의 포탄에 이 참호가 여지없이 날아든다 해도 최소한 4~5초 이상의 시간이 있을 것이고 그의 전 생애를 반추하는데 그만한 시간이면 충분하다는 생각이 들었다. 그보다는 길겠지. 그리고 어느 순간이든 의식을 잃어버리면 그걸로 그만이다.

그러자 주마등처럼 그의 생각은 엉키고 있었다. 머리를 감싸고 밤새 책과 씨름하던 일, 무작정 전철을 타고 인천 부두를 혼자 종일 싸돌아다닌 일과 송추에서 밤늦게 비를 맞으며 친구와 단둘이 걸어 오던 일, 진학과 취직 문제로 아버지와 다투고 결국 방을 얻어 나왔 던 일이 떠올랐다. 그때 어머니가 얼마나 우셨던가. 언제나 말씀이 없으시던 어머니. 그저 자신이 어머니께 들었던 것이 있다면 단지 너그러운 미소였을 뿐이라는 생각. 그래서 마음이 애달파 지는지. 그리고 아내 이전에 잠시 만났던 그녀. 그녀는 자신과 무려 8살이 나 어린 나이였고 그런데도 어른 제법 흉내를 내려 했던 여자였다. 그녀와의 정사. 그때는 아무 거리낌이 없었다. 자유로웠으니까. 그 리고 평화롭고 뭐든 자신의 의지대로 살고 싶었으니까 그에게는 후 회 없는 궤적이 그려졌던 셈이었다. 그러나 그런 일들만 있었나? 즐 겁고 추억거리로 애틋이 기억되는 그런 삶만이 그의 과거를 채우고 있었던 것일까?

물론 그보다는 험한 추억도 있었지. 아버지가 부도를 냈다는 소 식을 듣고 몇 년 만에 집을 찾아갔다가 얼떨결에 채권자들에게 멱 살을 잡히며 아버지를 찾아내라고 득달을 당했던 일, 대학에서는 거리에서 시위하다가 전경에게 붙잡혀 짓밟히고 결국 경찰서 유치장에 이틀이나 갇혀있던 일, 어떡하던 학점을 잘 받아야 했기에 담임 교수실에서 온종일 매달려 궂은일을 마다하지 않던 일, 음주단속에 걸렸다가 경찰과 실랑이하고선 30만 원을 집어 주고 빠져나올 때의 허탈한 심정, 그리고 결국 어린 그녀에게 온라인 통장으로 중절 수술비를 붙여주고 은행에서 나왔을 때의 자괴감…. 그러자 그는 숨쉬기 벅찰 정도로 가슴이 답답해지는 걸 느꼈다.

그래, 그러고 보니 나도 전쟁을 겪으며 살았지 뭐야. 내 양심도 별것 아닌데 이까짓 전쟁쯤이야. 누구나 범법하고 사는 게 아닌가. 그러다가 적당히 타협하고 양심 불감증이 되는 거지. 그리고 죽음으로서 끝나는 거야….

그때 전방에서 다시 포격 소리가 들려오기 시작했다. 분대장의 호각 신호로 봐서 다시 북한군의 공세가 시작되는 것 같았다. 멀리 둔중한 움직임이 보였다. 전차였다. 정말 끝장이 나던가 살아남더라도 지독한 하루가 되리라고 권호식은 생각하며 의식적으로 복잡한 뇌리의 잔영들을 빠르게 지워갔다.

아무래도 길을 잘못 들었나? 가느다란 오솔길마저 끊어지는 것 같으니. 아까 내리막길에서 그냥 큰길로 나서야 했던 것 같은데…. 나는 물통에 얼마 남지 않은 물을 보고 다시 돌아갈까 망설인다. 그리고 허기에 지쳐 다리에 힘이 빠지는 걸 느끼고 주저앉아 버렸다. 이제는 어쩐다. 이 아이를 위해서라도 뭔가를 먹어야 할 텐데…. 지난 이틀간 먹은 게 별로 없으니 힘이 남았을 리 없다. 그냥 남아 있어야 했던 게 아닐까? 몇 사람 만나기는 했지만 내가 임산부라 짐이 될까 나를 외면하고 지나간 사람들이 왠지 야속하다. 차라리 도와달라고 사정이나 해볼 걸. 이러다 건장한 사람이 아니면 살아남을 사람이 없으리라는 생각에 마냥 서글퍼진다. 적자생존, 그것만이 세상을 살아가는 올바른 섭리인가. 오직 강한 사람만이 살아남는다는 논리가 때로는 버겁게 느껴지기도 한다. 그렇다면 자신을 지킬 능력이 없는 사람은 알아서 죽으라는 말밖엔 안 된다.

 나는 언젠가 생텍쥐페리의 글에서 "자신이 입은 옷을 지킬 수 없다고 하여 옷을 입을 권리도 없다는 것은 있을 수 없는 일이다."라고 강변한 글을 읽었던 생각이 떠오른다. 침략하는 자들은 그런 생각을 한 번쯤은 해볼 필요가 있다. 그런데도 나는 나약할 뿐이기에 더욱 처량해진다. 이런 극악한 상황에서 논리적으로 따져본들 무슨 소용이 있담. 어떡하든 요기할 것이 있어야 하는데. 그런데 어딘지 인기척이 있는 것 같다. 자세히 돌아보니 아니나 다를까 저만치 떨어진 바위 뒤에 누군가 웅크린 사람의 옷깃이 보였다. 만약 나를 피하려 저렇게 있는 것이라면 내가 두려워해야 할 만한 존재는 아닌 것 같다. 나는 용기를 내고 그리로 다가갔다.

"누구 있어요?"

내가 나직하게 부르니 그 사람은 슬며시 고개를 들고 나를 쳐다본다. 오십 중반, 아니 곧 환갑을 넘길만한 나이의 아주머니였다. 나는 긴장한 마음이 풀어지며 아울러 피곤과 허기를 느낀다. 그녀도 여자 목소리에 안도했는지 아무렇지도 않다는 듯이 다시 자기 자리로 들어가 버렸다. 나는 일단 그녀와 무슨 이야기라도 나누었으면 싶어 그녀의 옆에 자리를 잡고 앉았다.

"어디로 가시는 길이세요?"

그녀는 이상하게 처음부터 아무 말이 없었다. 나는 어디가 아픈 것이 아닐까 염려가 되어 그녀를 살피려 다가갔다. 그러자 그녀는 신경질적으로 몸을 뒤척이며 과다한 제스처로 나를 제지하려 했다. 언뜻 그녀의 입안으로 뭔가를 오물거리고 있음이 보였고 그 순간 내 입에는 군침이 돌았다. 뭘 먹고 있으면서 내게 안 들키려는 게지. 일순 치사하다는 생각이 치밀어 올랐다. 내가 거지인가? 그래, 거지가 됐지. 그렇다고 저만 먹으려고 저럴 수 있나? 나는 기가 막혀 다시 뒤로 주저앉았다. 그녀가 음식을 얼추 삼켰는지 상기된 얼굴로 나를 바라보며 입을 뗐다.

"허. 잠시 아랫배가 아파서…. 그래, 나도 피난 가는 길인데."

그녀는 내가 눈치챘음을 알아냈는지 어색한 표정을 지으며 간사한 웃음을 흘렸다. 나는 어딘가 맥이 풀려나가는 걸 느끼면서 이런 인간을 더 이상 상대할 필요가 있을까를 가늠해 본다. 시골 사람은 아닌 것 같고 옷매무새는 다소 더럽혀졌지만, 그런대로 좋은 옷을 걸치고 허리 주머니와 제법 모양새 있는 배낭을 등에 깔고 있는 걸 보니 철저히 준비하고 길을 나선 것 같은데.

"꼴이 형편없지. 댁도 보아하니 피난길을 가는 것 같은데 그렇게 단출해서야…."

그녀는 내게 어떤 호의도 베풀 의향이 없으면서 괜한 간섭을 늘어놓으려 한다. 나는 그저 의무적인 답을 던져본다.

"아주머닌 그래도 저보다 나아 보이는군요. 전 그나마 가진 걸 자는 사이에 다 빼앗겨 버렸어요."

"그러니까 쉬거나 잘 때는 숨어 버릇해야 해. 세상이 흉흉하더니 난리 통까지 겹치는구먼."

나는 체념했지만, 행여나 싶은 마음으로 한마디를 더 건네본다.

"뭐 좀 가진 것 없어요? 벌써 이틀째 아무것도 못 먹었는데."

"뭐가 있어? 나도 같은 팔자지. 그러니까 자기가 가진 걸 잘 간수해야지. 자기를 챙겨줄 사람은 자기 자신밖에 없는 거야."

있는 줄 뻔히 아는데, 없는 시늉을 하면서 훈계라니. 이런 여자는 뭘 하던 사람일까? 전쟁이 나기 전에는 중매쟁이나 장사치였을까? 어쨌든 치맛바람깨나 일으키며 한가락 했을 법한데.

"그런데 아주머니는 혼자세요?"

"아주 소싯적부터 혼자였지. 게다가 아무도 믿지 않고 살아온 지도 꽤 되는군."

그녀는 갑자기 무슨 회상에라도 빠지는지 먼 곳으로 시선을 던지고 허망한 표정을 짓는다. 무슨 고생이 그토록 심했기에 내 말 한마디에 저렇게 혼이 나간 사람처럼 저럴까? 나는 그녀에게 말 못 할 연민을 느끼며 괜한 감정에 빠진 자신이 우스워졌다. 내가 부실한 거지 자기 것을 지키는데 뭐가 잘못이람. 그보다 이 사람은 오랫동안 혼자 살며 자신이 그렇게 살아야 하는 이유를 분명히 알기나 한 것인지 나는 다시 궁금해졌다.

"뭘 하셨게요?"

"뭘 했다기보다는 일을 크게 한 번 벌린 적은 있지. 애초에 고아였다가 어린 나이에 시집을 가서 고생만 직싸게 하고 남편이 죽어 혼자 된 뒤로 닥치는 대로 일을 하고 돈을 모았지. 외판원에 심지어는 택시 운전까지 하면서 말이야. 서른이 넘게 되자 식당 하나는 차릴만한 돈이 모이데. 그리고 수입청바지를 떼다가 파는 일도 해보고 사채도 놔보고. 그런데 이제 이 꼴이 되다니…."

"전쟁이 날 줄 누가 알았나요. 그만한 재산이 모였다면 이민이나 가시지. 어차피 전쟁이 쓸고 나면 고생한 사람이나 놀고먹은 사람이나 끝장 보긴 마찬가지일 테니까요."

"실은…. 전쟁 탓하는 거 아냐. 막상 전쟁이 나니까 약 오르긴 했지. 미치겠더라고. 가진 돈을 은행에서 현찰로 몽땅 찾을 수만 있다면 그 돈더미에 들어가 불이라고 싸지르고 그냥 죽었으면 싶더라고. 그보다 난 댁이 내게 혼자냐고 물었을 때 왜 그토록 외롭게 돈만 벌려 했는지 되돌아보게 되었고 이렇게 살려고 내 몸뚱이 하나에 매달리는 게 무의미하다는 생각이 들었던 거야."

그녀는 생긴 것에 어울리지 않게 '무의미'라는 단어를 썼다. 나는 그 순간 웃음이 나려 했지만 심각한 그녀의 얼굴을 의식해 일부러 슬픈 표정을 짓느라 애써본다. 내 말이 그렇게 마음에 걸렸나? 나는 단지 그녀가 나처럼 동행이 없다는 생각에 한마디 던진 것뿐인데 그 한마디에 그런 생각까지 한다니.

"그러니까 나는 많은 돈을 벌어 아무에게도 해준 게 없이 끝나는 거지. 아무도 믿지 않으려 했으니까 정붙일 게 있나. 그저 일이 위안이다 싶었지. 결국 죽 쒀서 개를 준 것도 아니고 그냥 전쟁통에 없어질 것을 가지고 그렇게 매달리고 살았다니…."

"하지만 아직 살아계시잖아요. 그리고 준비도 야무지게 하셨고. 살아만 계신다면 세상이 어떻게 돼도 아주머니는 다시 시작하실 수 있을 거예요. 그만한 생활력도 지니신 것 같은데."

나는 조만간 내가 허기져 쓰러질 것 같은데 오히려 그녀를 위로해야 하는 자신이 어처구니없었다. 하지만 지금 상황에서는 무슨 말이든지 해야 나도 버틸 수 있을 것 같았고 얄미운 누구라도 이 땅에서 살아남기를 간절히 바랄 수밖에 없는 노릇이었다. 물론 나 자신부터 살아남아야 한다는 전제가 필요하겠지. 그러나 이런 희망사항이 가당하기나 한 걸까?

"말이라도 고마워. 그런데 댁은 어디로 가는 길인가?"

"저는 대전에 있는 친정으로…."

그때 배에서 강한 통증이 엄습했다. 나는 그만 아픔을 주체하지 못하고 몸을 앞으로 꺾었다. 그녀는 나의 돌발적인 행동에 놀란 듯 거의 동시에 나를 안았다. 그녀가 다급히 뭐라고 물었지만 잠시 의식을 잃었는지 무슨 말인지 알아들을 수가 없었다. 그러나 그 경황에도 그녀의 따스한 체온이 느껴지고 사람에게 안기는 것이 이토록 포근하다는 것을 새삼 깨달았다. 시간이 흐르자 어느 정도 통증은 가라앉았고 다만 허기가 배를 쓰리게 만들었다.

"미안해요. 놀라게 해드려서."

"아니. 애가 있는 모양인데. 임신했수?"

"네. 6개월이에요."

그러자 그녀는 놀라며 당혹한 모습을 감추지 못했다. 그동안 내가 애를 가진 걸 눈치채지 못한 탓일까? 나는 그렇게 미안해하는 그녀의 표정에서 인간다운 면모를 읽는다. 정말 나를 걱정하는 눈빛. 나는 내가 빈말로 그녀를 위해 몇 마디 던진 것보다 더 많이 환대받는 느낌이다. 그래. 그래서 사람은 사람과 함께 지내야 하는 거지.

나는 허기져 지친 상황이지만 그녀가 나를 안아 준 것이 덧없이 고마웠다.

"계집아이인가 봐. 배가 그만큼밖에 안 불렀으니 쉬 알아보지 못했지."

그러면서 그녀는 배낭을 뒤져 비닐포대에 쌓여있는 것을 꺼냈다. 떡과 누룽지, 그리고 라면 같은 것들이었다. 그녀는 내게 일단 요기나 하라고 그것들을 건넸다. 나는 고맙다는 인사를 했는지조차 모르게 정신없이 먹어대기 시작했다. 목이 메 고개를 쳐들자 그녀가 물통을 건네며 천천히 먹으라 말한다. 나는 그제야 꾸밈없는 웃음으로 화답한다. 그리고 포만감이 전해오자 다행이다 싶은 안도감이 몰려왔다. 처음엔 얼마나 이 사람이 야속했는지. 그러나 내게 자신이 생명처럼 여기는 음식을 내주었다는 사실에 다시금 나는 힘이 솟는 걸 느낀다.

"고마워요. 그런데 어쩌죠. 내가 너무 많이 먹었나 봐."

"괜찮아. 댁이 먹는 걸 보니 이제야 속이 편안해 오네. 모은 재산으로야 아무 일도 못 했지만 내가 정말 소중하게 여기는 걸 나누니 사람답다는 생각이 들어. 처음부터 나누어 먹을 생각을 못 해서 정말 미안해."

"아니에요. 준비가 부실했던 제가 잘못이죠. 괜히 폐를 끼치는 것 같아."

"그리고 이것⋯."

그녀는 자신의 몫보다 더 많은 음식을 내게 싸준다. 나는 괜한 감상에 젖어 내게 이렇나 싶어 상당한 부담을 느낀다. 염치 불고하고 받고는 싶었지만, 선뜻 손이 나설질 않는다.

"사양 말고 줄 때 받아. 댁을 위하기보다는 아이를 위해서도 주는 거야. 난 자식이 없거든. 그래서 정이 메말랐고 내일에 대한 기대나 희망이 없었나 봐. 이제 그 아이는 우리의 희망이야. 난 어떻게 돼도 여한이 없지만, 부디 아이만큼은 살아남도록 애써봐. 하긴 이것 조금 준다고 그 아이를 살린다고 생각하지는 않지만 말이야."

그러면서 그녀는 내내 서글픈 표정을 짓는다. 자신도 여성으로서 못다 한 양육의 미련이 이제야 생기는지 몰라도 나는 그녀에게 음식을 받는다는 마음보다 여자로서의 사명을 대신 해야 한다는 야릇한 기분에 빠진다. 나는 가야 할 길이 먼 만큼 만나야 할 사람도 많다고 생각해 본다. 사람들이 내게 호의를 베푸는 건 이 아이에 대한 막연한 동정만은 아닐 것이다. 내가 이 아이를 위해 살기를 각오한 것처럼 사람들도 이 아이를 생각하며 대리 희망을 품고픈 것은 아닐까. 나는 소중하게 음식을 싸서 품에 안아본다. 꼭 그렇지 않겠지만 그 음식에서 그녀의 체온을 느낄 것 같다. 그녀는 너그러운 눈빛으로 나를 바라본다. 문득 그녀가 오랜만에 만나는 언니라는 착각에 잠시 빠진다.

혼미한 의식에 시달리던 권호식은 뭔가에 놀란 듯 호들갑스럽게 눈을 떴다. 고개를 들려다 그는 강한 통증을 느끼며 다시 머리를 떨구었다. 어디를 다친 것일까? 목덜미에서부터 발끝까지 뻐근한 고통이 그의 움직임을 제지했다. 그리고 시각을 제외한 다른 감각기관들은 제 기능을 다 발휘하지 못했다. 다만 시간에 따라 장면들이 뇌리를 스치며 자신이 어떻게 된 것인지를 알려주려 하고 있었다. 그는 그런 기억의 조각을 맞추면서 하나의 퍼즐을 완성하는 기분을 맛보았다. 포성과 함성. 육중한 전차의 캐터필러. 이석재 일병의 일그러진 얼굴. 퇴각 명령. 가공할 속도감. 덤불의 무수한 스침. 북한군과의 조우…. 언뜻 방위선이 무너진 것을 그는 힘겹게 기억했다. 그렇다면 지금 이곳은 북한군의 수중에 들어간 땅인가?

그러다 처음 감각이 온 것은 그의 오른발이었다. 그것도 역시 극심한 통증을 전달하였으므로 그는 절망감을 느꼈다. 그러나 발끝에서 오는 통증이라 다리가 붙어있다는 생각을 할 수 있었고 그것만으로 그는 다행이라 생각했다. 그리고 서서히 고개를 돌릴 수 있었고 자신이 어느 계곡의 가장자리에 처박혀있음을 알게 되었다. 이어 물이 흐르는 소리. 그리고 피비린내같이 역한 내음을 맡았다. 계곡 건너에는 신원을 알 수 없는 몇 구의 시체가 널려있었고 바로 이곳에서 한바탕 전투가 있었다는 것을 알았다. 아마도 자신들의 저지선이 고립되어 뒤늦게 퇴각을 시도하다가 이미 후미까지 진출한 북한군과 맞닥뜨린 것이 아닌가 추측되었다. 그래. 무조건 갈겨댄 건 생각나.

오른손에 힘을 주니 그는 아직도 소총을 거머쥔 것을 알았고 그제야 방아쇠울에서 손가락을 풀었다. 주섬주섬 몸을 추슬러 상체를 들어 보았다. 오른쪽 발목이 부러져 있었다. 그리고 그제 다친 왼쪽 어깨와 무시할만한 찰과상을 제외하고는 다른 상처는 없다는 걸 확인했다. 다시 생각을 정리하니 그는 잔류병력과 함께 철수를 시도했었고 정신없이 내달리다 병력이 갈리게 되었다. 앞에서 총소리. 그는 그 소리를 따라 방향을 잡으며 이 계곡으로 들어왔고 여기서 일대 총격전이 벌어진 것이다. 그러다 고꾸라지며 의식을 잃은 것이겠지….

북한군과 아군의 숫자는 얼마였을까? 그보다 과연 여기서 자신이 살아남을 길은 어떤 것인가를 생각해 보았으나 그는 다시 절망감을 되씹을 따름이다.

이게 아니었는데. 더 버틸 수 있었는데…. 이렇게 쉽게 무너진다면 우리는 이 전쟁에서 지고 말 것이 아닌가. 갑자기 그는 아내와 아이에게 미안한 생각이 들었다. 이 전쟁이 결코 자신만의 몫은 아니지만 이러한 결과를 생각하니 미치도록 자신이 구차하다는 생각도 든 것이다. 그럼에도 아직 목숨이 붙어있고 어떡하든 살아남기를 생각하는 것은 과연 온당한 처사인가?

그는 일단 결과를 확인할 때까지는 살아야 한다는 당연한 결론을 내리고 이를 악물고 부러진 다리에 부목을 대어 묶었다. 소총의 탄창은 이미 비어있었고 탄입대에도 다른 탄창이 남아있질 않았다. 목이 말랐지만, 주검이 널려진 계곡물을 마실만큼은 아니어서 그냥 참기로 하고 그는 움직이려 버둥거렸다. 그러나 불과 몇 미터를 움직이는 데도 상당한 인내와 고통이 따랐고 다시 바위에 기대어 그는 잠시 쉬었다.

'빌어먹을. 도대체 우리는 뭘 한 걸까? 누구나 이 나라가 썩었다는 걸 알았지. 술자리에만 앉으면 정치판을 안주로 삼아 위정자와 정치인들을 씹어대지 않았냐구. 그런데 이제 이 꼴로 망하고 마는 걸까? 우리 스스로 어떤 의식을 가지고 평화로운 통일을 이루어내는 게 이토록 불가능한 것이냐구.'

그는 이 땅에 분명히 의식 있는 자들이 많이 있었음을 알면서 그것이 민주적 역량을 만들어 내는데 무기력했던 것을 저주했다. 아니 그보다 자신이 일개 사병으로서 자신의 참호에서 차라리 산화(散花)하지 못한 것을 후회했는지 모른다. 분명 분대장의 철수 명령은 있었지. 그러나 그 자리에서 죽었다면 이런 절망감을 아예 느끼지도 않았을 텐데.

그때 바로 곁에서 누군가 움직였다. 그는 별로 놀라는 기색 없이 돌아보았다. 사람이었다. 그는 북한군 병사였지만 자신처럼 전투 능력을 상실한 부상자라는 것을 한눈으로 알아보았다. 아니 죽어간다는 표현이 옳았다. 엎드린 자세에서 몸을 웅크리고 배를 거머쥔 모습이 아마도 복부에 관통상을 입은 것이 분명했다. 다시 주위를 둘러보았다. 아무도 없었다. 자신이나 그가 방치된 것만 보아도 상황이 어떻게 됐든 양쪽의 병력이 이 계곡에서 모두 철수한 것 같았다.

"어이. 괜찮아?"

나는 어차피 될 대로 되라는 식의 자포자기를 느꼈기에 먼저 큰 소리를 쳐보았다.

"…으음."

상대는 정신이 있는지 이제야 정신을 차리는지 모르게 좀 더 큰 소리로 신음을 내었다.

"살아 있기는 한 모양이군. 하지만 대단해. 여기까지 겨 내려오다니."

"우리래 내려오고 싶어 내려왔간…."

그는 모기만 한 소리로 간신히 한마디를 뱉으며 권호식를 향해 고개를 들었다. 작고 유난히 광대뼈가 튀어나온 얼굴. 퀭한 눈동자. 검게 그을은 피부. 여느 귀순 병사의 모습처럼 촌스럽고 불쌍해 보이는 인상이 눈에 들어왔다. 갑자기 권호식은 웃음이 나왔다. 지금까지 자신이 생각만 하던 북한 사람과 이제야 마주 보고 있다니. 어릴 때부터 자신은 어떻게 배워왔나? 김정은과 북한에 대하여. 막연히 키우던 적개심과 커서는 한 동포였다는 엷은 자각이 내내 자신의 사고에서 공존하기 힘들었는데 이제 눈앞에 두고 말을 나누고 있다니….

"그래. 좋아. 너나 내나 서로 원해서 싸운 건 아닐 테고. 어때 버틸만해?"

"잘 모르갔어. 이러다 되질 것 같기두 하구. 어쩌다 이리됐는지."

"심한 상처 같아. 움직이지 마. 누군가 올지도 모르니까."

권호식은 차마 적이라 부르기 힘든, 연약한 인간으로 보이는 그에게 강한 동정심이 생겼다. 그리고 차라리 아군이든 북한군이든 누군가가 와서 그를 구해주기를 바라는 엉뚱한 생각까지 하고 나니 스스로 놀랐다. 상대가 누군 줄 모를 때는 얼마든 총을 쏠 수 있다. 그러나 이 사람을 알고 다시 총을 들고 싸우라 한다면 과연 어제처럼 쏴댈 수 있을까?

"남조선이래. 조만간 해방이 될까?"

그는 제 죽음보다는 다른 말을 던지며 권호식의 표정을 살폈다.

"정말 공산주의가 옳다고 믿는 거야?"

권호식은 의아심을 감추지 못하고 그를 향해 되물었다. 냉전 시대는 갔다. 우리만이 그 부산물로 분단된 채 남아 있다가 다시금 전쟁을 치르는 우를 범하고 있지 않은가? 그리고 저 녀석은 아직도 적화 통일을 꿈꾸고 있다니.

"기렇진 않아. 고저 내레 죽두레두 조국이 통일되는 걸 바라는 기지. 고저 우리래 팔자가 사나웠을 뿐이라고나."

그는 말을 잇지 못하고 격한 기침을 해댔다. 권호식은 일순 가슴이 찡해오는 안쓰러움을 느끼며 자신의 생각보다 저 사람의 생각이 더 앞선 건 아닐까 하는 마음이 들자 그가 쉽게 죽지 않기를 바랐다. 하지만 그의 상태가 급격히 악화되는 것 알 수 있었고 자신이 해줄 일이 아무것도 없음에 안타까울 뿐이었다.

담배, 그는 담배라도 한 개비 그에게 권해야겠다는 생각이 들었다. 생각을 더듬으니 간밤에 이석재 일병이 필요할지 모르니 좀 더 가지라고 라이터와 함께 자신에게 나누어준 것이 호주머니에 있었다. 다시 몸이 으스러질 것 같은 통증을 이기며 기어가 그의 곁으로 갔다. 한바탕 격렬한 기침을 잠시 끝내고 보다 핼쑥한 얼굴로 권호식을 멀거니 바라보던 북한군 병사는 왠지 그가 다가오는 것을 반기는 눈치였다. 팔을 뻗어 닿을 거리가 되자 다시 자리를 잡았다.

"담배는 피우겠지. 이거 한 대 빨어. 조금은 편할 거야."

권호식은 직접 담배에 불을 붙여 그에게 건네주었다. 그는 배를 움켜잡았던 한 손을 힘겹게 풀어 떨리는 손으로 담배를 받아 쥐었다. 검붉은 핏자국이 그의 손에 얼룩져 있었다.

"고맙수다레. 내레 이렇게 남조선사람에게 담배를 얻어 피우다니."

그는 시선을 계곡의 끝으로 던지며 깊이 담배를 빨았다. 그의 호흡이 다소는 고르다는 생각이 들어 권호식도 같은 방향으로 시선을 두고 자신도 한 개비를 빼 물었다.

"이렇게 같이 앉아 있으니 오래전부터 알던 사이 같지 않아? 어차피 한민족이었지. 서로 미워할 게 뭐가 있었을까? 물론 우리 남쪽에서는 동서(東西)마저 갈려서 이간질이니 과연 잘 될 민족인지 모르겠군. 뭐 하러 쳐들어왔어? 이러다간 우리만 공멸하는 거구 결국 주변의 강대국만 좋은 일 시키는 거지 뭐야? 살아남을 수 있을까? 이봐. 살아남으면 뭐할 거야?"

"고향으루 가서레 농사나 다시 지었으면 해."

"농사, 그래 그게 가장 정직한 거지. 뿌린 대로 거두는 것. 그래, 자네 말이 맞아 씨를 뿌리는 일이 중요하지. 그건 희망이잖아. 수확을 기대하는 거. 나도 되지 못할 공부는 때려치우고 농사나 지을까봐. 우리 같이 농사짓는 거 어때? 그게 가장 솔직하게 사는 것 같아."

권호식은 그런 말들이 아무런 의미가 없는 줄 알면서도 왠지 신나는 걸 느꼈다. 서로가 알지 못하는 사이지만 이렇게 미래에 대해 말을 주고받을 수 있다니…. 그는 계곡물이 흐르는 걸 찬찬히 바라보았다. 잠시 침묵이 흐르고 바람이 산 위에서 불어오는 걸 느낄 수 있었다. 돌과 돌 사이를 거침없이 흐르는 물살. 저 물살처럼 막힘없이, 무리가 없이 원하는 곳으로 흘러갈 수 있다면. 더없는 감상에 젖으며 권호식은 다시 담배를 피웠다. 어느덧 손끝으로 열기가 전해지는 걸 보니 그새 한 개비를 다 피운 것 같았다. 갑자기 그가 조용한 것이 궁금했다.

"이봐. 좀 어때?"

그는 이미 숨을 거둔 뒤였다. 하지만 평온한 표정을 짓고 있었고 담배는 그의 손이 타도록 담뱃재가 그대로 붙어있어 얼마 피지 못한 채였다. 권호식은 그런 그의 모습을 보자 허망한 생각이 들었다.

"자식. 좀 더 내 말벗이 되어주면 어때서. 그래 통성명할 시간도 주지 않고 가버리다니…."

권호식은 비록 싸늘하게 식었지만, 악수라도 할 요량으로 그의 손을 잡아 보았다. 핏기와 온기가 가신 손. 그러나 언젠가 이어져야 할 핏줄이었다는 것을 마음속으로 가늠하며 그는 잠시 그렇게 시간을 보냈다. 그리고 더 이상 감상에 젖어있을 수만은 없다는 생각과 함께 일단 이곳에서 벗어나야 한다는 일념이 다시 그를 고통과 싸우게 했다. 고개를 들어 살펴보니 우측의 능선이 눈이 익어 보였다. 저곳까지만 간다면 더 확실히 전세를 읽을 수 있을 것이고 자신의 처신을 결정할 수 있을 것 같았다. 하지만 이곳이 북한군의 점령지가 되어있다면 어떻게 할까? 그래도 살아남아야 하겠지. 이 좁은 계곡에서 아주 짧은 시간의 일이었지만 왠지 자신의 아이가 태어나 말을 알아들을 때가 온다면 반드시 이야기를 들려줘야 할 것 같은 사명감을 느끼면서 그는 생존에 대한 의지를 불태웠다.

나른한 봄날이었다고 기억해. 온통 환한 햇빛과 너울거리는 꽃잎. 하늘하늘 피어나는 아지랑이. 나는 그런 포근한 날을 좋아했지. 그럴 때 그이를 만났고. 그이는 안개꽃과 장미가 어우러진 꽃다발을 가지고 공원 벤치에서 나를 기다렸어. 아이들이 놀고 있었지. 그이는 그런 천진한 아이들을 바라보며 흐뭇한 미소를 지었더랬어. 난 약속 시간보다 이르게 왔지만 먼발치에서 바라만 보고 있었지. 그가 얼마나 기다릴까 시험해 보고도 싶었고 행여 그가 가버릴까 궁금해하기도 하면서. 그땐 정말 행복했지. 나도 아이를 생각했으니까. 우리는 그렇게 같은 생각만 한 거야. 그랬던 것 같아. 그래서 쉽게 가까워 진 거야. 그런 날이 꽤 많았어. 하지만 따져보면 열 번도 넘기지 못한 것 같고 그 이상인 것도 같은데…. 생각해봐. 사랑한다는 것이 얼마나 가슴 벅찬 일인지. 나는 어릴 땐 너무 조용한 아이였지. 소설책 읽기를 좋아했고 그래서 친구도 많지 않았어. 난 그냥 혼자 꿈꾸며 살았나 봐.

그리고 온실에서 자란 셈이지. 체구가 가냘픈 만큼 조금만 힘들어도 견디지 못하거든. 그냥 방안에서 창밖을 보며 소설 같은 이야기를 상상하는 것이 가장 즐거웠던 것 같아. 하지만 모르지. 엄마가 된다면. 여자는 약하다고 하지만 어머니는 강하다고 했잖아. 그래서 결혼보다도 엄마가 되고 싶다는 엉뚱한 생각도 했었지. 그렇게 막연한 마음만 가지고 너무 오래 살았던 것 같아. 그이를 만나고 비로소 남자를 알게 되었지만, 몸만 성숙하고 마음은 아직도 어린 그때와 변한 게 없는 것 같아. 지금은 내가 정작 꿈꾸던 게 무엇인지 모르겠어. 어느덧 헷갈리기 시작한 거야. 대학을 마치고 바로 결혼해서 가장 평범한 주부로 성공한 것. 일상이 어느새 나를 길들게 했지. 그리고 그이에게 대한 애정이 식어 가면서 나른한 권태를 이기지 못하고 가슴속에서 무엇인가 꿈틀거릴 때 그이에게 난데없이 영장이 날아왔어.

  그는 석사 장교를 지원하려 했는데 제도가 바뀌었는지 뭐가 잘못됐는지, 군에 사병으로 입대하고 말았어. 그러자 다시 해바라기 같은 기다림과 안타까움이 밀려와 나를 잠재웠지. 그 사람이 다시 그리워지고 혼자의 생활이 시작되고 아이를 가진 걸 알자 나를 완전히 잊게 되더군. 잉태한 기쁨을 그이와 나누고 싶었는데 간간이 편지만을 주고받을 뿐, 오히려 그이의 제대가 가까워져서 기다림은 두 배가 되었던 것 같아. 사람은 알 수 없는 동물이지. 그리고 여자는 더 웃기는 것 같아. 나는 평화로운 곳에서 안주하고 싶었어. 다소 자유가 구속된다고 하더라도 말이야. 아니 누군가 견딜만한 속박을 해주는 것도 나쁘진 않다고 생각해. 내가 선택한 경우라면 말이야.

난 지면서 사는 데는 익숙하지만 남과 싸워본 적이 없거든. 하지만 지금은 생각이 달라. 희망이 필요해. 내일에 대한 기대. 그것도 긍정적이고 건전한 가치에 대하여, 그걸 향유하고 온전히 내 것으로 만들기 위하여 가져야 하는 그런 것들 말이야. 그저 앉아서 기다리는 건 지쳤어. 그보다 다음 세대를 위한 몫을 남겨주기 위해서라도 분명한 목표를 가지고 살아야 한다는 걸 알게 되었어. 그래야만 나른한 봄날을 즐길 수 있는 여지를 내 아이에게도 남길 수 있지 않을까?

희뿌연 유리창을 닦았을 때의 명료함을 이젠 느끼고 싶어. 더 높은 곳에서 막히지 않는 시야를 마음껏 뻗어 볼 수 있는 그런 기쁨. 세상을 다시 보는 거지. 내게는 그것이 필요해. 가슴을 열어젖히는 일. 여자라 하여 평생 브래지어로 가슴을 옥죄어 왔지만, 이제는 당당히 가슴을 풀어 헤치며 다니고도 싶어.

그래서 난 내가 해야 할 일이 어떤 것인지 생각할 거야. 시간이 없으면 없는 만큼, 그리고 기회가 오지 않는다 해도 생각만이라도 바꾸고 싶어. 그리고 사람들에게 말할 거야. 그것이 아주 작은 가능성으로 끝난다 해도 포기하지 말자고 할 거야. 그게 뭐든 좋아. 어때? 아주 어린애다운 발상이잖아. 때로는 어린이로 시작해야 하고 어린아이에게 배울 게 있어. 하지만 그냥 희망이 좋다고 말만 들은 것과 실제로 그것이 왜 소중한 것인지를 피부로 느끼는데 다른 차이가 있지. 이젠 마음이 뿌듯해지는 것 같아. 편안해. 이젠 모든 게 잘될 거야. 난 그걸 믿으니까. 그이도 반드시 무사하겠지. 그게 희망인 거야….

"이 봐요. 거긴 너무 차갑지 않아요? 일어나요."
"아직은 희망이 있어요…."
내가 꿈을 꾸었나? 누군가와 신나게 이야기한 것 같은데 그게 아니었나? 그러고 보니 맨바닥에서 잠이 들었는지 온몸이 으스스한 것도 같고.
"무슨 소리지? 아무튼 아이를 가진 것 같은데 일단 집으로 들어갑시다. 이런 길바닥에서 몸을 굴리면 안 돼요."
40대 초반으로 보이는 아저씨다. 인상이 정감이 있어 보이니 따라가도 될 것 같고 날이 밝아 그런지 지척에 집이 보인다. 어제 어둠 속에서 피로에 지쳐 그냥 쓰러져 자버린 게 기억난다. 나는 얼떨결에 부축받아 그 사람의 집으로 들어갔다. 그리고 나도 모르게 내가 꿈결에서 떠든 이야기를 그 아저씨에게 떠벌렸다. 하지만 피로와 졸음이 나를 감싸고 온몸에 신열이 나는지 견딜 수 없는 고통에 빠진다. 얼마나 잠이 들었을까? 눈을 뜨니 몇 사람이 걱정스러운 얼굴로 나를 내려다보고 있다. 제법 두꺼운 이불이 내 땀에 젖었는지 눅눅하다.

"이제야 정신이 드는 게로군. 그 몸으로 혼자 어딜 가는 길인가?"

할머니 한 분이 먼저 말을 건네온다. 나는 그래도 몸을 일으키려 애써본다. 할머니가 가볍게 나를 도닥거리며 그냥 누워있으라 하신다. 난 얼굴이 달아오르는 걸 느끼며 다시 이불 속으로 들어간다.

"친정으로 찾아가는 길이에요."

"친정? 어딘지 몰라도 가기 전에 뭔 일이 나도 나겠구먼. 아무튼 몸이 상하진 말아야지."

나는 눈을 말똥말똥 뜨고 방안을 둘러본다. 누렇게 바래진 도배지. 조막 조막한 사진들을 잔뜩 배열한 스케치북만 한 액자. 조악한 가구들…. 텔레비전 드라마에서나 많이 봄직한 시골의 방안 모습이다. 안방쯤 되는 듯 여럿이 앉아있지만 그리 좁다는 생각은 안 든다. 방문 옆에는 나를 데려온 아저씨가 궁상맞은 모습으로 쪼그려 앉아 있다. 그런 데로 몸은 기운을 차린 것 같기도 하고….

"미음이라도 들어. 뭘 잘못 먹어 체한 건 아닌지."

할머니는 날 알지도 못하면서 이것저것 챙겨주시려 한다. 나는 마치 오랜만에 고향에 돌아와 환대받는다는 착각에 빠진다. 하지만 마냥 누워있을 수만은 없다.

"저. 이만 가봐야 할 것 같아요."

"갈 때 가더라도 몸이나 추스르고 가라고. 여긴 아직 아무렇지도 않아. 워낙 촌이라."

"뭐 소식 없어요?"

"텔레비전은 그때 이후로 나오지 않고, 라디오에서 드문드문 발표문만 나오는데 아직 전황은 심각하지 않다는데…."

"그거 뭐 입에 발린 소리지. 전쟁하는 나라가 제 나라 진다고 말하는 경우가 있나요?"

문가에서 내내 말없이 이쪽의 눈치만 살피던 남자가 느닷없이 한마디를 던졌다.

"자네는 뭘 안다고 끼어드나?"

"휴전선이 뚫렸다는 데 뭘 더 기대하겠어요? 이제 볼 짱 다 본거지."

"아직 아니래. 걱정 말어. 거 뜬소문 가지고 함부로 입 놀리는 게 아니야."

그렇다면 애 아빠는 어떻게 된 걸까? 저 정도면 전선에서의 상황은 최악이라는 이야긴데, 그이는 아직 살아 있을 수 있을까?

"아니. 이봐? 괜찮은가?"

내가 순간적으로 울상이 되어 금세 눈물이라도 떨굴 것 같았는지 할머니는 어느새 내 안색을 살핀다.

"사실은 애 아빠가 전선에 있어요."

나는 채 말을 잇지 못하고 울어버렸다. 지금까지 이를 물고 여기까지 온 것이 다 허사인 양 갑자기 서러움이 밀려온 것이다. 그 사람 없이 이 아이를 낳은 들 무슨 소용이며 그다음은 어떻게 키워야 한단 말인가.

"거 보게. 괜한 말을 해가지고 이 사람을 걱정 들게 하나?"

할머니는 내가 안쓰러운지 그 사람을 타박한다. 나는 어쨌든 남의 집에 들어와 민폐를 끼친다는 생각이 들어 더욱 미안한 마음이다. 그리고 한바탕 울고 나니 조금은 진정이 되었다.

"너무 걱정하지 마시게. 별일이야 있을라고. 그럴 때일수록 마음을 모질게 먹고서 그 사람이 반드시 살아있다는 믿음을 버려선 안 돼."

할머니의 자상한 말씀에 나는 다시 마음을 굳게 먹자고 다짐한다. 물론 나의 믿고 안 믿고가 그를 살리고 죽이는 건 아니겠지. 그보다는 나를 위해서이다. 만의 일이라도 그가 살아있고 내가 죽는다면 어떡하겠는가? 그러나 나는 왠지 나 자신의 믿음이라기보다는 어디선가 그가 살아있다는 강한 신념이 든다. 이런 것이 과학으로 증명하지 못할 인간적인, 아니 생명적인 신비인지도 모른다고 혼자 위안해본다.

다시 잠이 들었는지 깨어나 보니 방안에는 아무도 없다. 벌써 하루해가 다 지난 듯 밖은 해거름녘이라 어둑해진 것 같다. 나는 몸을 일으켜보았다. 할머니가 누군가를 시켜 먹여준 미음 덕인지 어느 정도 기운이 차려진 것도 같고. 이제 밤인데 지금 출발하기에는 그렇고, 그렇다고 염치없게 하룻밤을 더 지내자고 하기에도 민망하고…. 그나저나 정말 북한은 얼마나 밀고 내려왔을까? 서울이 빼앗긴 건 아닐까? 그리고 내가 대전에 가는 속도보다 더 빨리 그들이 내려간 건 아닐까? 나는 비로소 그런 생각에 머리가 아파져 왔다. 하긴 이런저런 생각으로 머리를 굴렸다면 여기까지 내려오지도 못했겠지. 지금까지 해온 대로 그냥 내 갈 길을 가는 거야. 그 수밖에 없어. 그것이 생존본능에 따르는 것일지 모르니까.

나는 방문을 열고 마루로 나섰다. 아까 그 아저씨가 저만치 툇마루에 걸터앉아 먼 산을 바라보며 담배를 피우고 있다. 그가 나를 알아보고 자세를 고치자 나는 고개를 까닥이며 인사를 던진다. 자세히 보니 순박한 인상이지만 어딘지 촌스러운 티가 물씬 난다. 어느 정도 거리를 두고 나도 마루에 걸터앉았다. 내가 신고 온 신발은 거친 산길을 걸어서 그런지 벌써 엉망이 다 되어 있었다. 그런데 누군가 깨끗이 빨아 널어놓은 듯했기에 나는 의아한 눈빛으로 그 아저씨를 쳐다보았다. 그는 그런 나의 기색을 느꼈는지 얼굴빛을 붉히며 딴전을 피운다.

분명 저 사람이야. 하지만 아이를 가진 아녀자의 신발을 이렇게 정성스럽게 빨아 놨다는 것은 너무 과도한 친절이 아닐까? 여름 해가 강해서인지 신발은 뽀송뽀송하게 잘 말라 있다. 거친 길을 걸어서 흙이 베이고 잔돌이 박혀 발이 매우 아팠는데 저 사람은 어떻게 이런 배려까지 해줄 수 있었을까? 나는 고맙기도 하지만 다소 부담스럽다는 생각에 어떻게 인사를 해야 할지 망설일 수밖에 없었다. 그러는 동안 그는 담배를 다 피우고 단둘이 있는 시간이 어색하다고 생각했는지 곧 일어설 눈치다. 지금 인사를 안 하면 기회를 놓칠 것 같다는 생각에 나는 마음이 급해졌다.

"저기…. 다들 어디 가셨나요?"

그는 내가 입을 떼자 기다렸다는 듯이 자세를 고쳐 잡으며 대답한다.

"밭에 나갔나 보죠."

다소 퉁명스럽기는 해도 정스런 말투다. 그리고 이 집엔 단 두 사람 있다는 뜻이다. 왠지 기분이 야릇해진다.

"아무래도 고맙다는 인사를 드려야 할 것 같아서요. 이 신발 말이에요. 아저씨가…."

나는 차마 빨아주었냐고 말을 하기가 민망하여 말끝을 흐린다. 그는 다 알아들었다는 표정으로 어색하게 웃는다. 순진함이 내게 그대로 와 닿는다. 그제야 나는 정말 고맙다는 마음이 한구석에 울려온다.

"뭘요. 별거 아닌 걸 가지고. 처음 새벽길에서 보았을 때 어찌나 안쓰러웠던지. 그런데 섬돌에 아무렇게나 벗겨진 신발을 그냥 가지런히 놓기에는 다시 신기 거북살스러울 것 같아서요."

그 말을 하면서도 연신 웃음 띤 얼굴이다. 자신이 생각하기에도 창피하다는 생각이 들었겠지. 하지만 그저 무디어 보이는 시골 사람에게서 저런 섬세함이 있다는 사실에 나는 한편 신선함을 느낀다. 도회 사람처럼 샤프하고 영리해 보이진 않아도 어딘지 믿음직스러운 인간성을 물씬 느낀다. 그리고 자연에 쏙 파묻힌 듯한 이곳에서 사는 것도 나쁘지 않은 것 같고. 왠지 그의 어깨에 기대고픈 충동을 느끼다 불러온 배를 만지곤 나는 내심 놀란다. 그이에게 대한 생각도 아울러 들었기 때문이다. 물론 저 사람의 아내도 곧 밭일을 마치고 돌아오겠지. 나는 과장된 감상에 빠지는 나 자신에게 쓴웃음을 지어 보인다. 그러자 그가 나의 표정을 잘못 읽었는지 상기된 표정으로 말을 잇는다.

"그렇다고 오해는 말아요. 괜히 불쾌하신 건 아니겠죠?"

"아니에요. 너무나 고맙고 미안해서. 이제 해가 다 넘어가는군요."

"그런데 무슨 희망이 있다는 거죠?"

그는 내가 혼잣말로 지껄인 것이 기억났는지 한마디를 묻는다. 나는 대답을 못하고 그냥 어이없는 표정을 지으면 소리를 내 웃었다.

"무슨 뜻이 있는 말인지 모르겠지만 어떻든 듣긴 좋았어요. 내게 필요한 말이었으니까."

그는 뭔가 아쉬움이 깃든 말투와 함께 나를 찬찬히 쳐다본다. 나는 괜히 계면쩍어 시선을 눈앞으로 던진다.

서쪽인 듯 해가 저문 저편은 황혼이 아름답게 구름을 물들이고 있었다. 내일도 날이 맑겠다는 뜻이겠지. 사물들은 핏빛처럼 처연하게 물들고 선명한 그림자를 드리운다. 이 모든 풍경이 나의 뇌리에 각인 되듯 선연하다. 나는 나의 아이도 이 풍경을 같이 본다는 착각에 빠진다. 잠시 그를 잊고 이 인상적인 풍광을 감상하듯 한동안 말없이 앉아 있다. 집을 떠난 후 처음으로 편안함을 느낀다. 여기는 포성도 비행기의 소리도 들리지 않는다. 고요가 평화와 같은 것이라는 명제를 만들어 본다. 그러다 할머니와 식구인 듯 사춘기를 맞는 여자아이가 뒤따라 개울길을 따라 집으로 돌아오는 모습이 보인다. 나는 그 아저씨의 부인이 보이지 않아 의아한 눈초리로 그를 쳐다본다. 그러자 그는 고개를 떨구며 한숨처럼 한마디를 던진다.

"애 엄마는 삼 년 전에 죽었지요."

나는 그제야 그가 나에게 정도 이상의 호의를 보였던 이유에 대하여 어느 정도의 상상이 가능해졌다. 그리고 그에게서 풍겼던 것이 꼭 촌스러움이었다기보다는 홀아비의 궁상과 외로움이었던 것을 알았다. 그러면서 나는 슬며시 내 옷매무새를 고친다. 할머니가 조금은 지친 모습으로 다가서자 나는 마주나가 손에 든 것들을 받아 드렸다. 작은 광주리에 호미 따위가 들어 있다.

"좀 어떤가? 더 쉬지 않고?"

"이제 많이 나아졌어요. 걱정해주신 덕분이죠."

여자아이는 남자의 딸이고 할머니는 어머니가 되는 것 같았다. 그리고 이 식구가 전부라는 걸 듣지 않아도 알았다. 남자는 어느새 슬쩍 일어나 어디론가 가버리고 없다. 여자아이는 물끄러미 나를 쳐다본다. 마치 내가 먼 나라에서 온 이방인이나 되는 것처럼. 나는 그 아이가 말없이 나를 바라보는 게 썩 좋지는 않았지만, 그녀가 성장하여 여자로서 겪어야 할 고통을 생각하니 더없이 그녀가 불쌍해진다.

나는 할머니와 같이 마루에 걸터앉아 언제 떠날지를 이야기한다. 할머니는 넌지시 전쟁이 끝날 때까지 같이 있기를 바라는 눈치다. 나도 그새 할머니에게는 정이 들었는지 자꾸만 마음이 끌리고 이곳이라면 어떤 위험도 없을 것 같아 어떡할지 망설인다. 하지만 어떤 강렬한 힘이 나를 편안한 곳에 안주하는 것을 만류하는 것을 느끼며 누군가가 내게 홀로서기를 명령하는 것 같은 착각에 빠지기도 한다.

그래. 나약해져서는 안 돼. 내가 편리만을 추구한다는 것이 왠지 그이에게 위험을 전가한다는 엉뚱한 생각이 머릿속으로 밀려든다. 고통은 분담해야 해. 그것이 민주사회를 사는 개인이 자유를 누릴 수 있는 권리를 얻는 길이지. 나는 일단 오늘 밤까지만 이곳에서 머물기로 하고 날이 밝으면 떠날 것을 단호히 말한다. 할머니는 그래도 걱정이 되는지 이것저것 챙겨주려 하지만 나는 너무 짐이 될까 은근히 걱정한다.

한낮까지 잠을 자서인지 밤새 잠을 설친다. 처음엔 이런저런 생각으로 앞으로의 일을 떠올렸지만, 시간이 지날수록 꿈인지 생각인지 분간이 안 간다. 그이가 나타났는가 하면 아저씨가 나타나기도 한다. 아저씨는 전사 통지서 같은 걸 내게 내밀며 자신과 살자고 한다. 아이를 책임지고 훌륭히 키우겠다고, 자신에게는 아들이 필요하다고 말한다. 너무도 애처롭게 말하므로 나는 하마터면 그러자고 말할 뻔했다. 하지만 또 저편에서 그이가 목발을 짚고 나타난다. 한쪽 다리가 없다. 가까이 오는 걸 보니 한쪽 눈도 없고 얼굴은 온통 흉물스럽게 화상으로 얽어있다. 나는 차마 제대로 마주 보지 못하고 두 손으로 얼굴을 가리며 나도 모르게 그이를 외면한다. 나 병신 됐어. 이제 나 좀 먹여 살려. 나는 아이를 키우는 것만으로도 벅찬데 불구가 된 남편까지 먹여 살려야 하는 걸 생각하니 숨이 막히듯 답답함을 느낀다. 어떡하나. 아이를 업고 장사를 다니는 60년대의 상황을 떠올린다. 그렇게 살 수는 없어. 내가 여자로 태어난 것도 벅찬데 어떻게 남편과 자식 수발로 인생을 버릴 수 있담. 한쪽에서 전쟁이 어떻게 끝나도 양식을 거둘 수 있는 논과 밭을 배경으로 경운기에 기대어 자신에게 올 것으로 안다는 너그러운 미소를 지은 아저씨가 나를 기다린다. 하지만 망설일 것도 없지 않아? 내가 살고자 한 것은 이 아이를 위한 것이고 살아남더라도 떳떳한 삶을 살기 위한 것이지. 나는 주저함 없이 그이에게 손을 내민다. 손이 따스하다. 뒷수발이 아니라 함께 사는 거지. 우리를 지키려다 이렇게 된 건데….

"이제 떠날 시간일세."

나지막한 할머니의 음성에 나는 잠이 깬다. 할머니는 내 잠을 선선히 깨우기 위해 손을 슬며시 잡아주셨나 보다. 그이의 손이 아닌 할머니의 마른 손이 나의 손을 잡고 있다. 밖은 아직 새벽임이 분명했다.

"꼭 깨워달라고 한 시간이야. 더 재우고 싶지만, 마음먹었다면 일찍 떠는 게 좋아. 그리고 이 집 사람이 일어나기 전에 가라고. 그 자식 혼자되고 늘 안쓰러웠는데 자네 오고부터 눈치가 영 심상치 않아."

할머니는 그 사람의 감정을 읽고 조금은 창피한지 말끝을 흐린다. 나는 나만 그 사람에 대해 엉뚱한 생각을 한 게 아니라는 걸 알고 떠날 채비를 서둘렀다.

마당에 나서며 신발을 신으니 미련 같은 것이 나를 잡는다는 괜한 생각에 빠진다. 그래. 그냥 호의로 생각하자. 그이가 살아 돌아오면 같이 인사나 와야지. 애써 가벼운 마음을 가져본다. 집에서 좀 떨어지니 여자아이가 말없이 쪼르르 따라온다. 손을 뒤로하여 뭘 감춰 왔는데 내가 바라보니 말없이 그걸 내민다. 생리대였다. 이 아인 임신하면 생리하지 않는 걸 모르는 모양이다. 그러나 홍조를 띠고 미소를 짓는 그 아이에게서 여자로서의 고마움을 느낀다.

여명의 시간이다. 얼마를 더 갈지 모르지만 든든함이 가슴에 차오른다. 이제는 대전이 가깝다고 하니 산길보다 큰길로 나서기로 했다. 고갯마루를 넘어가라고 했지. 나는 얼추 그 집에서 멀어진 걸 의식하며 고개를 넘기 전에 한 번 돌아본다. 전형적인 농가의 정취가 풍기는 한 폭의 수채화를 연상시키는 이곳을 잊지 말아야지. 그런데 집 건너 개울에 한 사람의 모습이 눈에 들어온다. 그인 것 같다. 내내 저곳에서 내가 떠나는 걸 지켜본 걸까? 그는 임산부인 내게 정말 연정을 느끼기는 한 걸까? 나는 손을 들어 그를 향해 흔들어 본다. 너무 멀고 아직 훤하지 않아 그의 움직임을 알 수 없다. 하지만 고갯마루에 올라선 내 모습을 그는 잘 볼 수 있겠지. 제발 그가 흐뭇한 마음으로 나를 보냈으면 한다. 그러지 않으면 내가 괜한 마음의 빚을 졌다고 생각하기 쉬우니까. 벌써 이마에 땀이 맺힌다. 그래도 내가 선택하여 가는 길이라 그런지 마음이 가볍다.

- 7월 23일 정오를 기해 북한군은 조건부 항복을 근거로 한 '정전과 한반도 통일을 위한 성명'을 중앙당을 통해 발표했고 아울러 모

든 전투행위를 중지했다. 주요 내용은 김정은 동지의 중국 망명 허용과 북한 지도부 및 군 지휘관의 신변 보장이며 남침행위를 인정한 것이었다. 그리고 북한 인민의 안전한 생존을 위해 상호 전투행위를 중지하고 평화로운 통일을 위해 사회주의 노선 및 주체사상을 수정할 것을 제안한 것이다. 그들은 성명을 통해 고착화된 상황을 타개하기 위한 전쟁의 도발로 엄청난 희생을 치렀으나, 이는 군부 강경파가 김정은의 재가도 없이 저지른 우발적 행위일 뿐이라고 한다. 그동안 김정일은 감금 상태에 있었고 이를 분쇄하기 위한 온건파 군부가 인민의 이름으로 그들을 처단함으로써 조국이 파멸로 이르는 것을 가까스로 막았다는 것이다. 그들은 남북한 호혜의 원칙에 입각한 임시 과도 정부를 스스로 구성했다고 밝히며 중앙당은 당분간 협상창구의 역할을 할 것이라 밝혔다. 한미 양국은 그들의 발표를 액면대로 받아들이는데 신중을 기하고 있으나 실제로 전투를 중지하고 일부 투항한 병력이 있다는 보고와 화학무기 등 치명적 병기를 사용하지 않은 점. 그리고 남한의 산업시설에 대한 본격적인 공격을 자제해온 점을 들어 일단 긍정적으로 받아들이며 협상에 임하기로 했다. 이로써 양국은 상당한 희생을 치렀으나 반세기 만에 분단의 벽을 깨고 통일로 가는 길을 힘겹게 만든 것이다.

권호식은 지난 며칠간의 일이 믿기지 않은 것은 고사하고 자신이 살아남은 것이 더 신기할 따름이었다. 이렇게 전쟁이 끝나다니. 한편으로는 싱겁다는 생각을 지울 수 없으면서도 더 이상 계속되었다면 감당하기 힘들었다는 생각도 들었다. 삼일간의 전쟁. 그리고 잘 하면 통일로 갈 수 있을 것이라는 확신. 모든 게 엉망이 되었지만 이제 시작이라는 마음만 있다면 문제 될 게 없다는 생각. 그보다는 위정자들이 어떻게 나올지가 더 걱정이었다. 그러나 그런 생각은 당분간 하지 말자. 그리고 발목이나 제대로 낫도록 노력해야 한다는 생각에만 골몰하기로 했다.

사실 자신의 생각은 큰 오류였다. 국군은 북한군의 전차부대를 개활지로 유인하여 공군력으로 분쇄하기 위해 전략적 철수를 하였던 것이며, 생각대로 북한군은 동부전선으로 진격시킨 3개 전차사단을 제물로 바쳐야 했다. 실제로 정전(停戰)이 되지 않았어도 이 지역에서만큼은 북한군의 주력을 격퇴한 것이었다. 그래서 그는 능선의 끝까지 기어갈 것 없이 국군의 수색대에 의해 구조되었고 지금은 야전병원으로 옮겨지기 위하여 임시로 대기하는 중이었다. 정말이지 이제는 포성이 멎고 대신 사이렌 소리나 호각 소리가 이따금 들린다. 그래. 어지러워진 걸 치워야지.

권호식은 어느새 담배를 뽑아 물고 있는 자신을 발견하고 흠칫 놀랐다. 그새 담배를 몸에 익히다니. 그는 담배를 구겨 던지며 그보다 시원한 물이라도 마셨으면 싶었다. 아직은 해소되지 않은 무엇이 있다는 생각. 자기 삶에 대하여 이제부터라는 단서를 달아서 해야 할 일들에 대하여 무엇이 필요한가를 생각해 보았다. 그러다 아내와 뱃 속의 아이가 어떻게 되었나 불안해지며 제발 그들이 무사하기를 간절히 바라고 있는 자신을 깨달았다. 그래. 희망을 품자. 가장 상투적이기는 하지만 내게는 그것이 필요해….

그는 길가에 그렇게 멍하니 앉아 있었다. 전쟁 전에 대기 지역이던 이곳은 별로 농가도 없고 그저 흔한 풍경을 그에게 보여줄 뿐이다. 일련의 부대가 전방 쪽에서 이동해 오는 게 보였다. 위생병이 그에게 다가와 새로 드레싱을 해주고 붕대를 다시 감는 걸 그는 말없이 지켜보았다. 그리고 3일 치 약을 주면서 야전병원으로 가면 새 약을 줄 테니 얼마나 걸릴지 모르지만, 그때까지만 먹으라고 하였다. 그는 건성으로 고개를 끄덕였고 위생병은 저만치 가 버렸다. 그는 그제야 뭔가 마실 걸 달라고 부탁해야지 하는 아쉬움을 느꼈다. 하다 못해 정수제라고 몇 개 얻어야 했는데. 그새 보병들이 그의 앞을 하나둘 지나가기 시작했다. 사단 마크가 각기 다른 걸 보니 각 부대에서 잔류 된 병력이 재집결을 위해 후방으로 이동하는 것 같았다. 그리고 저만치에서는 북한군 포로 몇몇이 따라오는 게 보였다. 이제 적개심은 없지. 그나저나 어제 곁에서 죽어간 병사의 모습이 아른거려 그는 서글픔을 맛보아야 했다.

그때 그의 어깨를 가볍게 치는 사람이 있었다. 고개를 쳐들고 바라보니 분대장이었다.

"어? 어떻게 된 거야. 죽은 줄 알았는데."

권호식은 입대 일자가 비슷하여 터놓고 지내던 그가 살아있자 평소보다도 더 큰 반가움이 일었다.

"말도 마. 지독했지만 권 상병만큼 운이 좋아서 살아남은 거지. 우리 사단 병력도 엄청나게 날아갔으니."

"중대원들은 어때? 생사가 다 확인되지는 않았겠지만 말이야."

그는 아는 얼굴을 만나니 당황하기만 했다. 그도 간신히 살아 타 부대원들과 귀환하는데 어떻게 다른 이들의 소식을 파악할 수 있을까.

"다는 모르겠지만 김성수, 강일환, 이명석 일병. 게들은 살아있는 거 봤지."

"이석재는?"

다급한 그의 물음에 분대장은 난감한 표정을 지었다. 분명 그의 전사를 확인한 눈치였다.

"어차피 알겠지만. 썩 좋지는 않겠지. 하지만 한방에 고통 없이 간 모습이더군."

그는 주머니에서 이 일병의 것으로 보이는 인식표를 꺼내 보였다. 그 달랑거리는 작은 쇠붙이가 이 일병을 대신한다고 생각하니 그는 목이 메어왔다.

"어차피 살아남은 우리들의 몫이 더 큰 거야. 마음 모질게 먹자구."

그는 위로하는 자신도 울먹거리는 걸 알았는지 고개를 들어 하늘을 보고 있었다. 권호식은 말도 많고 덤벙거리기도 했지만 순수하고 매사 열심이던 이석재의 모습이 떠오르자 자꾸만 눈물이 나와 몇 번이고 얼굴을 쓸어야 했다. 통일을 위해 산화한 젊은이라는 미사여구를 붙인다 한들 그는 살아 돌아 오지 못할 것이다. 그렇다고 그의 죽음을 개죽음으로 만들 수 없는 일이기에 그는 마음을 진정시키려 애썼다. 그런데 분대장이 그의 눈앞에 맥주병을 불쑥 내밀었다.

"잊자구. 이제는 살아남은 자의 파티야. 저 앞 개울에 PX 차가 처박혀 있길래 가봤는데 글쎄 맥주박스가 물속에 잠겨 있더라구. 거의 깨지지 않았길래 좀 건져왔지. 아직 차가울 테니 한 병씩 니발 불자구."

맥주병을 보자 권호식은 갈증에 지친 자신이 원하는 것임을 대번 알아차렸다. 받아쥐자 아직 냉기가 그대로 남아 있었고 두 사람은 병마개를 따고 서로 건배하는 시늉을 한 뒤 신나게 마셨다. 몇 모금을 단숨에 넘기자 목으로 시원한 자극이 짜릿하게 전달되었고 입에서 병을 떼자 남은 맥주에서 거품이 솟아났다. 저편에서도 휴식을 취하던 몇몇 병사들이 같은 방법으로 맥주를 구했는지 서로 나누어 마시는 모습이 눈에 들어왔다. 그런 와중에 그는 한곳으로 시선을 집중하게 되었다.

그것은 북한군 포로에게 누군가 맥주병을 건네는 모습이었다. 북한 병사는 연신 허리를 굽히며 맥주를 받아 마셨고 서로에게 나누어 주는 모습이 다정해 보였다. 뭐라 하는지 몰라도 그들을 둘러싼 국군들이 농담했는지 왁자한 웃음이 터져 나왔고 분대장도 흐뭇한 표정으로 남은 맥주를 음미하며 바라보고 있다. 어제는 적이었지만 오늘은 동포라는 사실. 권호식은 자기 얼굴에도 미소가 번지는 것을 알고 또 한 모금 맥주를 마셨다. 한편에서는 트로트 풍의 노랫가락이 흘러나오며 어느새 북한 병사와 우리네 병사들이 서로 포옹하며 즐기는 분위기로 바뀌고 있었고 장교들도 처음엔 제지하려다 그냥 웃음 띤 얼굴로 팔짱을 낀 채 바라만 보았다. 누가 이 화합을 막을 수 있겠는가. 한국인이라면. 이제는 북한군이고 국군이라는 표현도 없어지겠지. 그냥 한국 사람인 것이다.

그러다 그는 맥주 한 병을 다 마신 걸 깨달았다. 언제까지 파티 분위기에 젖어있을 수만은 없겠지. 이제 파괴된 것을 복구하고 먼저 간 전우들에게 떳떳하기 위해서라도 해야 할 일이 많다는 것을 느낀다. 그리고 신기하게도 어느새 갈증이 말끔히 해소된 걸 알았다. 맥주 한 병으로 지독한 갈증이 씻긴다는 건…. 그는 통일된 조국을 생각하는 것이다. 오랫동안 묵었던 갈증. 그 민족의 갈증이 해갈되는 날이 온 것을 예감하는 걸까? 왠지 자신은 이산가족이 되지 않고 가족을 만날 수 있다는 확신에 잠기며 모두가 절망을 털고 일어서기를 간절히 바라고 있었다.

나는 고속도로가 보이는 넓은 길에 나와서야 전쟁이 끝난 걸 알았다. 사람들이 말해준 것도 있지만 급조된 호외 전단을 통해서 이번 전쟁의 전모를 다 알게 된 것이다. 이렇게 전쟁이 어이없이 끝날 줄이야. 더구나 나는 실제로 총을 쏘는 것이나 포탄이 터지는 것을 한 번도 보지 못하고 전쟁을 겪은 셈이다. 어쨌든 전쟁은 끝났지만, 전방부대의 피해는 상당한 것으로 알려져 다시 나를 불안하게 만들었다. 하지만 이제는 생각도 마음도 바뀌지 않을 것이다. 분당의 아파트가 무너져 살아갈 곳이 없다고 해도 이제는 내 마음을 흔들 것이 없다는 걸 안다. 나는 분명 아직도 나약하고 외관상 변한 것은 없지만 기분은 다시 태어난 것처럼 달라졌다. 그리고 지나간 3일이 지금까지 살아온 만큼의 일생처럼 길었던 걸 힘겹게 기억한다. 그 멀지도 짧지도 않은 여정에서 내 물건을 훔쳐 간 사람과 나를 외면한 사람들도 있었지만, 그보다는 많은 이들이 내게 많은 것을 가르쳐 주었다고 생각한다. 지금 생각하면 이름도 모르는 이들. 그리고 나 자신도 내 이름을 가르쳐주지는 못했다. 서로가 전쟁 중이라는 절망적인 상황에 놓여있었다는 것을 잘 알았기 때문일까? 그러나 지금은 그것이 못내 후회된다. 사람이 사람을 안다는 것만큼 소중한 것이 없다는 것을 또한 배웠기 때문이다.

  길 양편으로는 자작나무가 번듯이 열을 맞추고 서 있다. 나는 어느 가게 앞에 이르러 잠시 평상에 걸터앉았다. 가게 문은 잠겨있고 주위엔 아무도 보이질 않는다. 아직 정상으로 돌아가기엔 시간이 걸리겠지. 세상은 다시 어떻게 변모할까? 한차례의 소나기가 지나간 시원함처럼 제발 답답했던 모든 것들이 정화되기를 바란다. 그리고 이 아이가 태어나 말을 알아들을 즈음엔 나도 정치나 경제나 우리의 역사에 대하여 자신이 있게 말해줄 것을 위해 공부도 열심히 해야지. 특히 우리가 이러한 전쟁을 통해 어떻게 통일된 나라로 다시 태어나는가를 소상히 알아둘 필요가 있다고 생각한다.

  저만치 한 초등학생쯤 되는 아이가 눈에 들어온다. 저 아이는 어디에 사는 아이이며 어디로 가는 길일까? 한적한 시골길은 언제 전쟁이 있었냐는 듯이 권태스러움마저 느끼게 만들고 아이가 다가오는 속도가 한참이나 오래 걸린다고 생각했다. 물론 그 아이가 온다고 달리 뭘 기다리는 건 아니다. 마침내 그 아이가 다가와 나를 바라보며 잠시 발을 멈추었다. 반바지를 입고 만화가 새겨진 반팔티를 입은 남자아이의 모습이 앙증맞다.

  "너 어디사니?"

  말없이 그 꼬마는 저만치 길 끝을 가리킨다. 나는 그가 손끝으로 가리키는 쪽을 건성으로 힐긋 바라볼 뿐 사실 그게 궁금했던 건 아니었다. 나는 먹을게 담긴 배낭을 열어 먹다 남은 생라면을 건네준다.

"이거 먹을래? 너 배고프지 않아?"

꼬마는 말없이 라면 봉지를 받았으나 입에 대지는 않았다. 어딘지 영민해 보이는 눈망울. 또렷한 얼굴 생김. 한눈에 잘생긴 아이라는 인상을 받는다.

"아주머니. 우리 통일되는 거예요?"

난데없이 꼬마가 한마디 묻는다. 이 아인 지금 먹는 게 전혀 급하지 않나?

"그렇다는구나. 이젠 우리도 한 나라가 될 수 있는데."

"그럼 금강산도 가고 백두산도 갈 수 있겠네요?"

"그럼 갈 수 있지."

"그리고 북한 사람도 먹여 살려야 되는 건가요?"

"그래야겠지. 이제는 우리나라 사람이니까."

"그리고 통일돼도 미군 아저씨들이 계속 있어야 하나요?"

"그건 모르겠어. 꼭 있을 필요가 있을까?"

"대통령은 어디서 나와요? 우리 아저씨들이 대통령 한다고 하면 북한 사람들이 가만히 있을까요?"

"…."

나는 이 아이가 어디서 뭘 주워듣고 자랐는지 모르지만, 점점 내가 답하기도 힘든 것을 계속 물어오고 있는 것이 짜증스러웠다. 향후의 정치적, 군사적, 역사적 사실이 어떻게 전개될지 내가 예측한다는 것은 불가능했고 설령 안다 해도 이 아이가 이해할 만큼 설명한다는 것은 더 힘든 일이라 생각되었다. 그러나 지금 내가 이 아이에게 분명히 말해줄 것은 있었다.

"잘 들어봐. 솔직히 말해서 아줌마는 그렇게 어려운 걸 다 알지 못해. 하지만 네게 꼭 해주고 싶은 말이 있어. 너 지금 몇 살이니?"

"열 살이요."

"그럼 잘 명심해. 네가 지금까지 물어본 걸 답해줄 사람은 너밖에 없어. 그 답을 아는 사람은 바로 너희들이야. 너희들이 어떻게 크느냐에 따라 그 답이 달라질 수도 있거든. 지금은 아직 어느 쪽에서 당장 무엇을 하고 말고 할 때는 아니니까. 미군이든 누구든 당장은 떠나지 않겠지. 다만 너희가 그렇게 해줘야 해. 너희들만이 우리의 미래를 만들어갈 희망이니까."

여기까지 말하자 그 소년은 처음엔 모르겠다는 눈빛에서 점점 총명한 눈빛으로 바뀌고 있었고 그 작은 고개를 주억거리고 있었다.

"내 말 잘 알아들었니? 그럼 네 할 일을 찾아 떠나렴."

그 아이는 아무 말 없이 고개를 끄덕이면서 나이에 맞지 않게 비장한 표정을 지으며 다시 가던 길을 향해 떠나갔다. 나는 나도 모르게 이런 말을 그 아이에게 해주었다는 것이 한편으로는 대견하면서도 동시에 내가 져야 할 짐과 해야 할 일의 몫을 생각하며 마음을 다잡았다.

저 아이가 먼저 가겠지. 비록 불확실하지만, 반드시 우리가 가야 할 길을 뱃속의 이 아이보다 한 발 앞서가 주겠지. 그리고 이 아이의 몫이 있을 것이다.

나는 내게 절망이 아닌 희망을 안겨준 지난 3일을 다시 찬찬히 돌아보며 가만히 내 배를 쓸어본다. 어느새 아이가 많이 자랐다는 포근한 생각에 잠기면서 내 앞에 뻗은 길고 긴 길의 끝으로 시선을 던져보았다.

※ 가상소설로 시점을 가까운 미래로 설정하였음을 밝힙니다.

에필로그

에필로그

살아남은 자가 느껴야 하는 미안함에 대하여

등산을 주제로 소설을 쓴다는 것은 나의 오랜 숙제였다. 첫 소설을 쓰기 시작한 것이 중학교 1학년 때이고 암벽등반을 배운 때도 같았기 때문이다. 당시 내 열렬한 독자가 한 명 있었다. 이름은 잊혀진 지 오래되었지만, 내 뒷자리에 앉았던 친구였다. 그는 내 글을 좋아했다. 갱지에 한 편 정도의 이야기를 썼는데 그는 그것을 50원(지금은 오천 원쯤 될까?)을 주고 내게서 받아 갔다. 그러던 중 암벽등반을 하다가 추락하여 죽는 클라이머의 이야기를 썼고 그것도 그에게 팔아버렸다. 지금 생각해보면 아쉬운 감도 없지 않다. 아무튼 나는 어린 나이에 유료 독자를 가진 셈이다. 그것은 대략 반세기 전 이야기이다.

나는 지금도 산에 오르며 소설을 쓰고 있다. 그 사이 세 명의 악우(岳友)를 산에서 잃었고, 또 다른 네 명은 병으로 세상을 떠났다. 나는 하강 중 추락하여 헬리콥터에 실려 여러 차례의 수술을 받았지만, 오른쪽 발목을 제대로 쓸 수 없게 되었다. 이제는 그 모든 것이 아련한 기억으로 서서히 사라져 간다.

산을 오르내리면서 나는 글을 써야 한다고 늘 다짐했다. 그것은 학창 시절부터 존경했던 생텍쥐페리가 비행을 하는 한 소설을 쓴다고 했던 의지(意志)를 선망(羨望)했기 때문이다. 단순한 산행일지부터 종주산행이나 해외원정 등반기를 썼고 이를 월간지에 기고하기도 했다. 그리고 나의 상상력을 결부시키는 소설 작업에 몰두했다.

하지만 '누구나 쓰는 산악소설'을 쓰고 싶지는 않았다. 고난을 극복하고 위기를 넘기며 정상을 올라 희열하는 그런 이야기는 굳이 쓸 필요가 없다고 생각했기 때문이다. 물론 첫 산악소설인 '낡은 클라이머와 보낸 밤'은 그런 경향이 전혀 없지는 않지만, 그보다는 '희망'과 '용기'에 대하여 풀어낸 이야기이다. 초고를 쓴 것이 1982년이었으니 이제는 '고전'이 되었지만, 산악인의 정체성에 대한 물음은 아직도 내 마음에 숙제로 남아 있다.

죽은 등반가의 애인이 사랑을 잊지 못해 산행을 나서는 일인칭 소설 「애상가」는 내가 첫 악우를 산에서 잃고 느꼈던 아픔을 잊지 않기 위해 쓴 소설이다. 제목과 분위기는 당시에 내게 많은 영향을 주었던 가와바다 야스나리의 『서정가』에서 따온 것이지만, 남성이며 산악인의 내 입장과는 다르게, 여성의 시각에서 애정 어린 마음으로 바라본다는 설정으로 도전해본 작품이다. 얼마나 그에 근접했는지는 독자 여러분의 몫에 맡기겠다. 참고로 지금은 무당골 추모탑으로 영봉의 비석과 동판들을 거의 옮겼다.

산악문학상을 받았던 「5.13 그 너머」는 산악인과 전자제품 개발자의 이야기를 엮어 한계를 극복하는 공통점을 피력해보려 시도한 실험작(實驗作)이었다. 나름대로 '제6회 한국산악문학상'을 받기는 했지만 지금 보면 여러모로 무리한 점들이 드러나 보인다.

산악인이 산이 아닌 병실의 침대에서 평생을 누워 보내야 한다는 '꿈속에서 산행을'은 '자신의 생명을 구해준 은인을 죽임으로써 은혜를 갚는다.'라는 역설을 주제로 한 소설이다. 이 또한 작중 산악인은 산을 주름잡으며 오르는 것이 아니라 꿈속에서만 등산을 할 수 있다. 지금도 가끔 히말라야 원정대에 함께 나서는 꿈을 꾸는 나는, 간절히 바라는 등산을 할 수 없는 처지를 생각하며 그 이야기를 만들어냈다.

나는 작년에도 친애하는 악우를 떠나보냈다. 너무 오래 산에 다녔기 때문일까. 피할 수 없는 운명이 내게 있다고 믿게 되었다. 산악인은 단지 '의지'만 가지고 산에 오르기에는 짊어져야 할 짐이 너무도 많다는 것을 지난 수십 년 동안, 하나씩 깨우치며 이제는 얼마

▲ 히말라야 케른

나 더 가야 할지 암담한 마음도 든다.

한때 혈기 왕성한 날에는 "진정한 산악인의 완성은 산에서의 죽음이다."라는 모토로 정말 '무식하게 용감했는지' 모른다. 그 와중에 세 번 이상 생사의 길을 넘나들고, 살아서 돌아온 것을 다행으로 생각했다. 내 체력이나 의지보다 단지 운(運)이 좋았다는 것을 인정하며.

히말라야 8,000미터급 14봉을 인류 최초로 오른 라인홀트 메스너는 '나는 살아서 돌아왔다'라는 저서를 남겼다. 그 이전에는 산의 정상에 오르는 것만을 가치 있게 생각했다면, 그 저서 이후로 산악인들은 무사히 돌아오는 것을 등산의 완성으로 삼는다. 중간에 포기하는 것도 현명한 처신이며, 산에서 현실을 인정하며 돌아서는 순간

에필로그 · 235

에도 '용기'가 없으면 쉽지 않은 일이기 때문이다.

그래도 지금 책을 마무리하는 이 시간에 나는 왠지 모를 미안한 마음에 빠진다. 살아남았다는 것에 대하여. 그리고 떠난 악우들의 기억이 희미해져 간다는 안타까움 때문에.

하지만 아직 써야 할 산악 장편소설이 있고, 책으로 엮어야 할 산행기가 남았다. 꼭 배낭을 메고 산을 오르지 않아도 등산을 꿈꾸며, 생각하고 글을 쓸 수 있다는 것을 다행으로 여기면서 앞으로도 '산(山)'을 지면(紙面)으로 옮기는 일에 매진할 생각이다.

먼저 떠난 동지들의 합동 추모제를 한 달여 남긴 깊어가는 밤에.

김경수.

P.S

여기서 다루어진 소설들은 일부 역사적 사실과 실존인물을 토대로 쓰였다. 하지만 주인공과 사건은 허구로 재구성되었으며 실제와 다를 수 있음을 밝힌다.

등반용어 및 해설

등반용어 및 해설

1. EB슈즈(전문암벽화) : 바닥에 '스텔스 창(Stealth Rubber)'를 사용하여 접지력을 높인 특수화. EB는 프랑스의 제작사 이름을 딴 것.

2. K2 : 파키스탄 칼라코람 히말라야에 위치. 지도를 작성할 때 산 이름을 몰라 왼쪽에서 두 번째라는 뜻으로 지은 이름.

3. 가스통 레뷔파 : 1930년대에 알프스에서 활동한 프랑스의 유명한 가이드이자 등반가.

4. 거벽 등반 : 아이거 같이 수직 고도 차이가 1,800m 이상 거대한 암벽을 오르는 것을 의미. 참고로 인수봉의 가장 긴 동남벽 거리는 250m이다.

5. 겔런데 : 암벽에 볼트나 하켄이 설치되어 이를 이용하며 오르는 암장. 루트가 이미 개척된 코스로 이해하면 된다.

6. 나이프하켄 : 좁은 크랙에 박는 확보 용구, 좀 더 넓은 경우는 앵글 하켄, 큰 경우에는 봉봉 등을 사용한다.

7. 낙비 : 한자의 '떨어질 낙(落)'자와 카라비너의 '비'를 합성해서 만든 조어(措語). 등반 중 카라비너를 실수로 떨어뜨린 것을 이르는 말.

8. 낙석(落石) : 암벽에서 추락하는 돌덩이.

9. 노이즈 : 데이터에 잡음이 발생하는 현상.

10. 노이즈필터 : 잡음과 혼선된 경우 필요한 데이터만 검색하는 회로.

11. 능선 : 봉우리와 봉우리를 잇는 가장 짧은 거리이며 산의 모서리를 일컫는 단어.

12. 니스 : 바위의 갈라진 틈이 손가락 한 두 마디가 들어가는 얇은 크랙.

13. 닉카바지 : 무릎 부분에서 조이는 등산용 바지.

14. 당카 : 부상자 호송용의 군 용어로 앞뒤로 사람이 들고 가는 들것(이동 침대)을 의미. 독일어가 일본식 표현이 된 것으로 추측.

15. 등반용 초크 : 탄산마그네슘 성분을 가진 하얀 가루. 체조선수들이 땀을 제거하고 마찰력을 높이게 하려고 쓴다.

16. 디레시레마(직등주의) : 유럽의 등반 사조로서 험난한 경우에

도 루트를 수직으로 삼고 오르는 생각이나 등반 행위.

17. 레이백 자세 : 한쪽으로 쏠린 크랙을 등반할 경우 양손으로 크랙을 잡고 몸을 한쪽으로 쏠리게 해서 오르는 행위.

15. 로우볼 : 니스와 같은 틈새에 끼워 넣는 캠 유닛.

16. 로직 아날라이저 : 정밀전자계측 분석기기.

17. 록클라이밍 : 암벽등반의 영어 표현.

18. 록해머 : 바위틈에 하켄 등과 같은 확보물을 박는 데 쓰는 등산용 망치.

19. 루트 : 암벽등반을 하기 위해 등반할 수 있는 길을 부를 때 쓰는 용어.

20. 루트 파인딩 : 루트를 내기 위해 어느 쪽으로 올라야 하는가를 가늠해 보는 것.

21. 리카르도 카신 : 1980년대에 명성을 떨친 이탈리아 등반가.

22. 마스터방식 : 암벽등반을 할 때 첫 오름으로 오르지 못해서 여러 번 시도하여 피치를 오르는 행위.

23. 무브 : 영어 'move'인데 암벽등반에서 손이나 발을 다른 지점으로 옮길 때 특별히 사용하는 용어.

24. 라스트 맨 : 암벽등반을 여럿이 할 때 마지막으로 오르는 사람을 부르는 말

25. 벙어리(홀드) : 홀드가 뭉툭하여 잘 잡히지 않게 생긴 형상.

26. 베이스 : 중간에 물자와 캠프를 세우며 장기간 올라가는 방식을 시지어택등반이라며, 이때 본격적인 등정을 위해 세운 기지. 참고로 중간 캠프 없이 한 번에 오르는 방식은 러시어택이라 부른다.

27. 보첸 : 알프스산맥 서부 돌로미테 지역의 등반 기점이 되는 도시.

28. 볼트 : 바위에 박는 못으로 고리가 있어 확보용으로 쓰는 장비.

29. 빌레이 : 우리말로 확보라고 하며 선등자나 후등자가 등반할 때 연결된 자일을 통해 추락을 대비하는 행위. 또는 사람.

30. 선등(리딩) : 다수의 등반 파티가 정해진 경우 가장 먼저 오르는 행위.

31. 선등자(톱) : 선등하는 사람을 말하며 첫 번째 확보물을 설치하지 못하고 추락하면 바닥으로 떨어져서 실력과 경험이 필요함.

32. 세라 컵 : 접시 모양에 철사로 손잡이를 만든 스테인리스 컵. (주로 등산용으로 쓰임)

33. 세컨드 : 암벽등반을 할 때 선등자 다음으로 오르는 사람을 부르는 말.

34. 셸퍼(족) : 네팔 히말라야의 4,000미터 높이에서 사는 부족. 고산에 잘 적응하여 히말라야 등반 초기 등반가의 가이드 역

할을 하였으나 지금은 알피니스트로 인정받고 있다.

35. 스미어링 : 마찰력을 크게 하기 위해 암벽화로 바위 벽면을 문질러 딛는 동작.

36. 스텝 홀드 : 발로 디딜 수 있는 바위 턱.

37. 슬립 : 등반 중 미끄러져 떨어지는 것을 의미.

38. 아노락 : 후드가 달린, 통으로 입는 구형 등반용 재킷. 가슴 부분에 네모난 주머니가 달려 있음.

39. 아웃사이드 엣징 : 발의 바깥쪽으로 각진 턱을 딛는 기술. 반대는 인사이드 엣징이다.

40. 악우(岳友) : 전문 등반을 하는 사람들이 서로를 믿고 파트너를 삼을 때 부르는 호칭.

41. 암릉 : 바위로 이루어진 능선.

42. 어택 배낭 : 구형 기스링 배낭(양옆으로 큰 주머니를 달아 용량을 늘린 것)과 다르게 양옆으로 나뭇가지 등이 걸리는 것을 피하고자 배낭의 크기를 위쪽으로 키운 대용량 배낭.

43. 어퍼지션 : 등반 시 크랙이 있지만 마땅한 홀드가 없을 때 크랙에 양손을 반대 방향으로 힘을 써서 오르는 행위.

44. 어프로치 : 등반가가 정상을 향해 가까이 오르는 행위.

45. 에러정정루틴 : 컴퓨터 프로그램에서 에러가 발생할 때 이를 정정하기 위한 논리적인 방법론.

46. 오버행 : 거꾸로 천장같이 기운 바위벽.

47. 오실로스코프 : 주파수의 파형을 보는 계측기기의 일종.

48. 온사이트 방식 : 처음 본 바위를 바로 보고 한 번에 오르는 방식.

49. 인공등반 : 직벽에 가까운 경우 크랙에 하켄을 박거나 벽에 볼트를 박고 가죽(삼단사다리) 등을 이용해 인공장비로 등반하는 행위.

50. 인터페이스 : 디지털 신호를 변환하는 장치.

51. 자일(Seil) : 밧줄의 독일어.

52. 잼너트 : 확보를 위해 크랙의 크기에 따라 끼우는 장비.

53. 저체온증 : 하이퍼 써 미아라고 하며 차가운 상태에서 오래 있으면 체온이 34도 이하로 내려가서 감각이 희미해지는 현상. 이때 체온이 회복되지 않으면 동사하게 된다.

54. 종주 등반 : 커다란 산의 군락에서 주요 정상과 정상을 이어 능선을 따라 등반하는 행위

55. 직등 : 암벽등반에서 수직으로 오르는 행위. (대게의 경우 등반할 수 있는 사선으로 오르는 것이 일반적)

56. 초등 : 기록상 최초로 해당 봉우리나 루트를 오른 경우.

57. 초크 : 마찰력을 높이고 땀을 흡수하는 흰색의 탄산마그네슘

가루.

58. 치마 그란데 디 레바라도 : 북부 이탈리아 돌로미테 산군에 있다. 해발 2,998미터. 알프스 6대 북벽의 하나. 1933년 8월 13일 이탈리아 산악인 에밀리오 코미치와 디마이 형제들이 북벽 초등반에 성공했다.

59. 침니 : 바위가 많이 벌어져 팔다리와 등을 통해서 올라야 하는 형상. 아주 힘든 경우를 '똥침니'라고 부른다.

60. 카라비너(Karabiner) : 개폐가 가능한 등반용 금속 고리이며 독일어이다.

61. 코마 : 의식불명의 상태로 식물인간이 되는 것을 말하는 의학 용어.

62. 퀵드로우 : 슬링을 박음질하여 만든 연결줄의 양쪽에 카라비너를 걸어 만든 세트.

63. 케룬 : 작은 돌을 쌓아 만든 이정표나 기념탑.

64. 크래바스 : 빙하가 흘러내리면서 갈라진 틈새.

65. 크랙 : 바위가 갈라져서 생긴 틈새.

66. 크랙타 : 고무창 바닥에 질긴 가죽으로 만든 등산화.

67. 크럭스 : 암벽 루트 중에서 가장 어려운 구간(고빗사위라도 불림)

68. 클라이밍 다운 : 하강을 할 때 자일을 이용하지 않고 손과 발

만 이용하여 등반의 역순으로 내려오는 행위.(프리 클라이밍 : 암벽을 오를 때 인공장비를 쓰지 않고 오직 손과 발 등 신체만을 이용하여 오르는 행위. 자유등반.)

69. 피켈 : T자 모양으로 생긴 등반용 지팡이.

70. 펌핑 : 극심한 체력 소모로 인하여 근육에 마비가 오는 상태

71. 페이스 : 바위의 각도가 수직에 가까운 벽. 오르다 보면 얼굴이 닿을 정도라고 해서 페이스라고 부름

72. 피치 : 암벽등반 거리가 멀어 자일파티(등반자 그룹)가 중간에 만나는 포인트. 거리가 길면 피치도 많아진다.

73. 하네스 : 등산용 안전벨트.

61. 하드프리방식 : 고난도의 기술이 필요한 자유등반을 추구하는 방식.

74. 하산주 : 등산인들이 산행을 마치고 내려와서 갖는 술자리.

75. 하켄 : 인공등반 장비로써 바위 틈새에 박는 확보 장비.

76. 한국산악회 : 1945년 9월 15일에 결성된 사회단체로 전국에 지부를 두고 있는 등산회 조직.

77. 헬멧 : 암벽등반 중 머리를 보호하기 위해 쓰는 안전모. '하이바'라고 부르기도 하는데 그것은 철로 만들지 않고 합성섬유인 Fiber로 가볍게 만들었고 이를 일본식으로 발음하지 않았나 싶다.

78. 홀드 : 손으로 잡을 수 있는 바위 턱.

79. 후등자 : 먼저 오른 사람 뒤에 오르는 등반자. 먼저 오른 앞선 등반자가 빌레이를 봐주기 때문에 더 안전하다.

80. 후랜드 : 크랙에 끼워 넣는 확보 장비. 크랙의 크기에 따라 조절하여 끼우는 캠 유닛이 맞는 용어이지만 제작사가 붙인 이름이 보통명사처럼 불린다.

◎ 여기에서 등반용어를 해설한 내용은 사전적 의미가 아니라 저자의 경험을 통해 산악인의 정서를 반영하여 적은 것이므로, 정의(定義)를 표현하는 것에서 약간의 차이가 있을 수 있기에 이에 대해 양해를 당부드립니다.

김경수 산악테마소설집

낡은 클라이머와 보낸 밤

초판발행일 2025년 7월 25일

지은이 : 김경수
발행인 : 김순진
편집장 : 전하라
디자인 : 김초롱
펴낸곳 : 도서출판 문학공원
등 록 : 2004년 3월 9일 제6-706호
주 소 : 우편번호 03382 서울 은평구 통일로 633
　　　　 녹번오피스텔 501호 스토리문학사
전 화 : 02-2234-1666
팩 스 : 02-2236-1666
홈페이지 : https://blog.naver.com/ksj5562
이메일 : 4615562@hanmail.net

본 책은 김포문화재단 2025 김포예술활동지원사업에서 지원받아 발간되었습니다.